講談社文庫

掟上今日子の裏表紙

西尾維新

講談社

掟上《おきてがみ》今日子《きょうこ》の裏表紙《うらびょうし》

序章　掟上今日子の逮捕劇

日怠井《ひだるい》警部は、課長から『第四取り調べ室に行くように』という命令を受けた時点で、既に心中に嫌な予感を抱えていた――行き先が、逮捕された被疑者の中でも手強《てごわ》い『難物』が案内されるしきたりの第四取り調べ室だったからなんて事情以前に、彼が被疑者の取り調べを命じられること自体が、とても久し振りだったからだ。

それを単純に嬉《うれ》しい、久々の見せ場に腕が鳴る――とは思えない。

そもそも日怠井警部が千曲川《ちくまがわ》署の、第四取り調べ室に限らず、このところあらゆる取り調べ室からやんわりと遠のけられていたのは、彼が被疑者の取り調べに向いていないからだ。

取り調べが下手なのではない。

むしろ上手過ぎる。

（上手いというのとも違うんだろう――だから、向いていないんだ）

と、彼自身は謙遜《けんそん》でなく思っている。自覚している。

自嘲していると言ってもいい。

なにせ彼が取り調べの任に当たると、被疑者はやってもいないない罪までぺらぺら自白し始めるのだから……、強く脅《おど》したつもりも、無闇に恐怖をあおったつもりもないのだけれど、巨漢で強面《こわもて》の日怠井警部は、どうも取り調べる対象に、そういう印象を与えてしまうらしい。

一時《いっとき》は冤罪《えんざい》製造機の汚名も受けた。

だからと言って仕事の手を抜くわけにもいかなかったが（そもそも、日怠井警部のごとき巨魁《きょかい》が猫なで声で被疑者に迫れば、それはそれで怖いだろう）、ある一件を境に、たとえ自ら逮捕した被疑者であっても、彼が取り調べに当たることはなくなった。

そう、あれはとある青年を逮捕したときのことだった――日怠井警部に負けず劣らずの背丈の割に、終始おどおどしていたその猫背の青年は、見るからに怪しい容疑者だったが、彼が送検直前に呼んだ探偵《たんてい》が、さながら瞬間芸のようにあっという間に無罪を、つまりは日怠井警部の誤認逮捕を立証したのだ。

（最速の探偵とかなんとか言っていたか――名探偵ねえ）

軽口《かるくち》でも冗談《じょうだん》でもなく、無実の若者を、危うく検察に送るところだったことを恥《は》じて、日怠井警部は以降取り調べ室に近寄らなくなった――わけでは、決してない。あの時点で挙動不審の青年が筆頭の容疑者だったことに間違いはなく、職務を全《まっと》うしたという意味では、日怠井警部は間違っていなかったつもりだ。今でも。

誤認逮捕をしておきながら謝罪しないのかという市民からのお叱《しか》りの声も、日怠井警部の元にはきちんと届いたけれど、被疑者に黙秘権があるよう、警察官にだって、自分に不利な証言をしない権利はあるはずだと思う——少なくとも日怠井警部は、探偵から明白な『無実の証拠』を突きつけられたとき、それをもみ消すような真似はしなかった。

粛々《しゆくしゆく》と応じた。公務員としてはそれで十分だと思う。

ただ、その一件で日怠井警部が、がくんとやる気をなくしてしまったことは確かだった——刑事としてのテンションが下降線を辿《たど》った。率直に言って、探偵の引き立て役を演じさせられることに、嫌気がさしたのだ。

(誰かの活躍を引き立たせるための舞台装置になるなんて……、うんざりだ)

犬のおまわりさんならぬかませ犬のおまわりさん。

前座でスベリ芸を見せて、あげく汚職警官呼ばわりされるなんて、まったくもって割に合わない。問題の難易度をわかりやすく示すための、恥知らずな定規にされるのに見合うだけの給料はもらっていない。だったら最初から、探偵が捜査すればいいというものだ。

ほとんどやけっぱちのようにそう考えた。

上司もそんなコンディションを見て取って、気を遣って（あるいは扱《あつか》いかねて）日怠井警部を取り調べの任から外していたのだろう――今日までは。

それなのに今日になって、出し抜けに取り調べ室に行けとは、あの課長はいったいどういう了見なのだ？　どれほど聴取が難航している被疑者がいるにしたって、そこに冤罪製造機を送り込むのが、決して良策だとは思えないのだが。

まあいい。

行ってみればわかることだ。

気は進まなかったが、拒否するほどの熱意もない。聴取からは完全に引退したのだと言い張る信念など。とにかくこれも上意下達《じょういかたつ》だと覚悟を決めて、日怠井警部は第四取り調べ室に向かった――そして確かに、『行ってみればわかること』だった。

刑事の勘《かん》が直撃した。

どうして彼が取り調べを任じられたのかは、到着してしまえば火を見るよりも明瞭《めいりょう》だった――しかし、そのことが、更に状況をわけのわからないものにした。

第四取り調べ室の椅子《いす》に、署内の規定通り、ロープで縛《しば》り付けられるような形で座っていた白髪《はくはつ》の被疑者は、なんと日怠井警部を取り調べ室から遠のけた張本人――あの、あの探偵だったからだ。

真打《しんうち》の名探偵だったからだ。

入室してきた日怠井警部を歓迎するかのように、彼女はにっこりと微笑《ほほえ》んで……、重厚そうな手錠《てじょう》のかかった両腕を上げ、ひらひらと手を振りながら、

「初めまして。容疑者の掟上今日子《おきてがみきょうこ》です」

と言った。

第一話　掟上今日子の取り調べ室

1

初めまして。

そう言われて、日怠井警部は彼女がただの探偵ではなく、そしてただの名探偵でもなく、忘却《ぼうきゃく》探偵であることを、皮肉にもはっきりと思い出した——最速の探偵にして忘却探偵。

否、忘却探偵ゆえに最速。

眠るたびに記憶がリセットされるので、どんな事件でも一日以内に解決しなければならない、とかなんとか……、はったりでも誇大広告でもなく、実際、日怠井警部の目の前でも、彼女は『あっという間に』、事件を解決してみせた。

目にもとまらぬハイスピード。

厳密には彼女は容疑者の青年の無罪を証明しただけで、犯人を特定し、事件を解決に導いたわけではなかったが……。

（『そちらは日怠井警部にお任せします。お互《たが》い、いい仕事をしましょう』なんて、いけしゃあしゃあと抜かしてやがったのに……）

どうやら完全に忘れているらしい。看板通り。

事件どころか、日怠井警部の存在ごと——もちろん、いけしゃあしゃあと抜かされるまでもなく日怠井警部はその後、事件の『真犯人』を粛々と、最速とは言えないまでも可及的速やかに逮捕したわけだけれど、それでも前述の理由で、自ら取り調べに当たることはなかった。

（事実上、それ以来となる取り調べの相手が、まさか俺の聴取人生に引導を渡した忘却探偵だとは——いったい何の因果なんだか）

戸惑いつつも、それを一切顔には出さず、表面上は武骨な無表情を保って（それが怖いと言われるのだが）、日怠井警部は忘却探偵と向き合うようにのっそりと座った。それまで部屋の中にいた、監視役の警官に出て行くように促《うなが》す……、ルール的にはややグレーゾーンだが、取り調べは一対一のふたりきりのほうが話が早いというのが、日怠井警部の古風な手法だった。

時を経て更に古びてはいるだろうけれど、久々だからと言って、スタイルを変えるつもりもない……、どうせ日怠井警部が送り込まれた時点で（あるいは容疑者が忘却探偵である時点で）既に通常の手続きからは大幅に逸脱《いつだつ》している。最速の探偵なら、話が早いことに不満もないだろう。

「初めまして。日怠井です。階級は警部です」

と、探りを入れるように『初対面の挨拶《あいさつ》』を返した。

「警部さんですか。それはそれは。直々《じきじき》の取り調べ、痛み入ります」

にこにこ朗らかに笑いながら、そう応える忘却探偵。

眼鏡の奥の瞳《ひとみ》からも真意はまったく知れない。

あっけらかんとしているように見えるが、日怠井警部とこの距離で向き合って、へらへらしていられることが、もうおかしいのだ——テーブルを挟んでいるとは言え、気の弱い者なら、中年だって泣き出していてもおかしくない距離感、圧迫感である。

手錠や腰縄《こしなわ》にも、まるで動じている様子がない——窓に格子《こうし》がはめられ、日当たりの悪い第四取り調べ室なのに、さながらオープンカフェの椅子にでも腰かけているかのような優雅さだ。

（なるほど、確かにこれは『難物』だ……、冤罪製造機のキャリアの中でも、かつて経験したことがないほどの。だけど）

それはそれ単体では日怠井警部が、取り調べを担当させられる理由ではない——果たして彼女が、どんな事件で逮捕されたのかも、まだ知らされていないのだから。にもかかわらず、一も二もなく取り調べ室に向かわされた理由があるとすれば、それはただひとつ、彼が忘却探偵の経験者だからだ。

キャリアと言うなら、そういう意味でのキャリアだ。

ため息をひとつ、深々とついてから、

「今日子さん。あなたは自分が、どうしてここにいるのか、わかっていますか？」

と、まずは最初の質問を投げかけた。

「それがまったくわからないんですよ。身に覚えがないんです」

「でしょうね」

2

事情聴取をしようにも、被疑者本人が肝心《かんじん》の『事情』をすっかり忘れている——これでは取り調べが成り立たない。

いったいこれまでこの部屋で、取り調べ担当官と被疑者の間で、どれほど不毛なやりとりが繰り広げられて来たか、容易に想像がつく……、まだしも黙秘権を行使されていたほうが、アプローチのしようがあっただろう。

忘却権を有する容疑者。

困り果てていたところに、どうにかこうにか、彼女がかつて、管轄《かんかつ》内で発生した事件の解決に協力した探偵であることが判明し、それゆえに当事者である日怠井警部にお鉢《はち》が回ってきたというのが、名探偵でなくとも推理できる、ことの真相のようだ。

それはいい。それはわかる。

問題は、どういった罪状で、彼女は今、その身を（『身に覚えのない』身を）、こうして拘束されているのかという点だ……、手錠をかけられている以上、重要参考人だったりの段階ではなく、既に逮捕されていることは明々白々だが、いったい、何の容疑で？

いくら急かされていたと言っても、それくらいは事前に調べてから、この部屋に来るべきだった……、金銭絡《がら》みか？

当時のことを思い出すと、忘却探偵は、非常にお金にうるさい探偵だったというイメージが強くある……、あのときの被疑者（依頼人）も、自由と引き替えに、かなりの大金を支払わされていた。

（ひょっとして脱税《だつぜい》か？）

確かに、解決した事件のことを、クライアントのことも含めて業務内容を翌日には忘れてしまう忘却探偵が、どうやって税金を納めているのか、当時も疑問に思ったものだ……、だが、いくら忘却探偵の『経験者』だとは言っても、脱税の容疑者を担当させられるとは思えない――刑事部捜査一課の日怠井警部が。

（となると、強行犯か……）

今日子さんだけに。

いや、笑いごとじゃないが。冗談としても大してうまくない。ここが京都府ならば、もうちょっと決まっていたかもしれないが（今日子はんだけに）。

いずれにしても、そうなると、容疑者が忘却探偵であるという点以外でも、甚大《じんだい》な問題が生じてくる——かつて、非公式とは言え（どころか、捜査方針はとことん対立的だったとは言え）、捜査に協力した探偵を、今度は凶悪犯罪の犯人候補として逮捕してしまったのだ。

この時点で、たつとぶべき市井《しせい》から轟々《ごうごう》の非難を受ける材料が山ほど揃《そろ》っている——メディアが足並みを揃えて喜び勇み、過去に遡《さかのぼ》って千曲川署の不祥事《ふしょうじ》を暴《あば》き立てるような事態に発展しかねない。

そうなると、ある時期一世を風靡《ふうび》した冤罪警部の存在も浮き彫りにされるに違いない——いや、自分の名誉《めいよ》など（不名誉など）、この際どうでもいいのだが……、犯罪者に捜査協力を仰《あお》いでいたとなると、なかなかの大ごとである。この場合、協力態勢が非公式であったほうが事態は悪化するだろう。

（いや……、まだ、手錠をかけられ、腰縄で縛られ、取り調べ室にいるだけで、有罪が確定したわけじゃ……、ないんだったな）

推定無罪の原則だ。疑わしきは被告人の利益に。

ただ、『忘却探偵の経験者』としては、シンプルに彼女の無罪を信じることも難しかった……、当時を思い起こすにつけ、今日子さんのおしとやかにして強引な捜査手法は、犯罪すれすれのものだった。かなりえげつない角度でコーナーを攻めていた。非公式ゆえに、非合法でもあった。

(まあ、そんなことを言い出したら、犯罪じゃない行為なんて、この世にはほぼほぼないんだけどな……、どんな行為も、結局のところ、何らかの法には触れている)

そんな風に、日怠井警部があれこれ、現状(法の現状と、己の現状)を再確認している間も、一方の今日子さんは、一貫してにこにこと微笑んでいた——彼女のほうこそ、自分の置かれている現状が、まったく把握《はあく》できていないんじゃないかというような、ことん穏《おだ》やかな微笑みである。

だが、その笑顔に騙《だま》されてはならない。この探偵は笑顔で武装しているようなものだ。

彼女は凄惨《せいさん》で血なまぐさい殺人現場でも、どろどろずぶずぶの人間関係の中でも、同じように笑っていられる探偵である——かつて聞いた話では、『どうせ明日になれば忘れるのだから』と、グロテスクにもサディズムにも、恬《てん》として怯《ひる》むことはないそうだ。

殺人現場でも修羅場でも平然としていられる神経(無神経)ならば、閉鎖《へいさ》系の取り調べ室にも、日怠井警部の強面にも、そりゃあ動じることはないだろう。

（『冤罪製造機』としちゃあ、気が楽とも言える――少なくとも、今回のケースでは、俺はやってもいない罪を自白される恐れはないわけだ）

「では、基本的なところから、率直に伺《うかが》います。今日子さん、『今日のあなた』は、何を、どこまで覚えてらっしゃいますか？」

「その質問からすると、日怠井警部は私のことを私よりも、よくご存じのようですね。うふふ、以前、お食事か、謎《なぞ》解きでもご一緒したことがありましたかしら？」

お食事のほうでしたら嬉しいのですが、と。

今日子さんは直接質問には答えず、そんなはぐらかすようなことを言ってきた――『難物』だ。問いかけを問いかけとして受け取らない……、質問されたからと言って、必ずしも答えなくていいことを知っている。人は説明したがる生き物だから、訊《き》かれたらついつい、反応してしまうものなのだが。

「しかし、記憶のない私に対して、満を持して警部殿《どの》が登場なさったということは、残念ながら謎解きのほうですかねえ――察するに、一日で記憶がリセットされる私の『専門家』として、この第四取り調べ室にいらしたということでしょうか。第四取り調べ室――うふふ。先ほどまで私の話し相手になってくださったキュートな刑事さんの様子をうかがう限り、ここは困った容疑者が招き入れられるお部屋のようですねえ」

「…………」

探偵の十八番《おはこ》である『人間観察』か。

何気ない仕草やちょっとした発言、わずかな表情を手がかりに、こちらの事情をずばずば、そしてずけずけ言い当ててくる……、これじゃあ、立場がまるで逆だ。『経験者』である日怠井警部は、まだこの程度の『挨拶代わりのジャブ』には耐えられるが、今の今までこの席に座っていた『キュートな刑事さん』はひとたまりもなかっただろう。

（一日だけの協力態勢だったからな。そういう意味じゃ、一日署長だったみたいなもんで、まったく『専門家』ではないにしても……、俺を派遣《はけん》した上司の判断は、少なくとも正しかったわけだ……）

「その素敵な眉《まゆ》の顰《ひそ》めかたからすると、その際、私は日怠井警部に、あまりいい印象は与えていませんかね？　申しわけありません、謎を前にすると、礼儀《れいぎ》まで気が回らないことも多いようで。こちらはもうすっかり忘れていますので、水に流してくださいな」

「……いえ、失礼を受けたわけではありませんよ。それよりも、とぼけずに質問に答えていただけますか？　今日子さん、『今日のあなた』は、何を、どこまで、覚えてらっしゃいますか？」

根気だ。同じことを何度でも訊く。念を押す。粘《ねば》る。執拗に。

忘却探偵を相手取るからと言うより、それは取り調べの極意みたいなものだった——第一、名探偵の技術で、ずばずば言い当てられること自体に、大した意味はないのだ。笑顔で挑発しているだけだ。

相手の心をざわつかせて、否が応でも反応させて、より多くの情報を得ようとしているだけ——ならば案外日怠井警部が、下調べをせずにこうして、言われるがまま直接第四取り調べ室に出向いたのは、あながち拙速《せっそく》でもなかったかもしれない。

少なくとも捜査の進捗《しんちょく》情報など、こちら側の手札を、今日子さんに覗《のぞ》き見られる心配はないわけである。

「あいにく、さっぱりです。この探偵に現在わかっていることと言えば、備忘録に残されていたこの言葉くらいでして」

そう言って今日子さんは、手錠のかかった両手を、まずデスクの上に置き、左腕をひきずるように動かした——すると、袖《そで》がまくれて、肌にマジックで直《じか》に書かれていた文字が露出《ろしゅつ》する。

『私は掟上今日子。25歳。探偵。

記憶が一日ごとにリセットされる。』

（……そう言えば、見たっけな。前のときも）

まさか取り調べ室で、二度目を迎えることになろうとは思わなかったが……。

逮捕された被疑者は、取り調べ室にメモやら携帯電話やらの私物を持ち込む自由を剝《はく》奪《だつ》されるが、しかし、肌に書かれた備忘録となると、さすがに没収するわけにもいかない。

「目が覚めるや否や、いきなりどたばたと逮捕されてしまいましてね。かろうじて自分が何者なのかは把握できましたが、それ以外はさっぱりというのが正直なところです」

「……その割には、随分と落ち着いてらっしゃるようですが？」

今度は答が返ってきたところで、慎重《しんちょう》に、日怠井警部は言う……、探偵相手に迂闊《うかつ》な発言をすると、どこで揚《あ》げ足を取られるかわからない。

かませ犬にはならない。

それならまだ、汚職警官のほうがマシだ。

「じたばたしても仕方ありませんからねえ。どうせ、寝たら忘れることですし」

「もしも、心神喪失《そうしつ》を主張するつもりでしたら……」

「いえいえ、身に覚えはありませんが、潔白《けっぱく》を主張するつもりですよ。それはそれは、もうきっぱりとね。先ほどから再三そう申し上げているのですが、キュートな刑事さんには、どうも通じなかったようで」

そりゃあ通じないだろう。

それがどんな事件だったにせよ、事件当時の記憶がないと言い張る人物が、同時に潔白も主張してくるのでは、その時点で相当に矛盾《むじゅん》していると言っていい――むしろ記憶がないのならば、自分が何かしでかしてしまったんじゃないかと不安になるのが普通だ。

（まあ、忘却探偵の『忘却』を、酒に酔《よ》って記憶がないみたいなのと一緒くたにするわけにもいかないが……）

実際問題、このシチュエーションで忘却探偵に心神喪失を主張されていたら、やや対応に苦慮するところでもあった。一日で記憶がリセットされる人物の責任能力を問えるかどうかは、微妙《びみょう》と言うよりデリケートな問題である。

本人がこの通りさばさばしているので、一見、そんな風には見えないにしても――ただし、公平を期すなら、彼女が『どうせ明日には忘れるのだから』と、凶悪犯罪に手を染めた可能性だって否定できない。

現時点では、何ひとつ否定も肯定もできない。

「潔白を主張される根拠はあるのでしょうか？　たとえば、右腕には『私は無実だ』とでも書かれているとか……」

「えーっと、見る限り、他にメモ書きはなさそうでしたね」

そう言う今日子さんだったが、注釈《ちゅうしゃく》つきのこの発言は鵜呑《うの》みにはできない。見る限り。手錠をかけられた状態で、全身の肌をくまなくチェックできたとは思えない。

「それでも、私は無実だと思いますよ。だって、もしも名探偵である私が犯罪を犯したとするなら、こんなにあっさり逮捕されるわけがありませんもん。トリックを駆使《くし》し、アリバイを工作し、完全犯罪を成し遂《と》げるに決まっていますとも」

「………………」

はったり——とは言えない。

むしろ、自信たっぷりにそう言い切られてしまうと、日怠井警部は『忘却探偵の経験者』であるがゆえに、それはなるほどその通りだと、思わず納得させられてしまいそうになる。

逮捕されたこと自体が無実の証明であるというはちゃめちゃな理屈は、思わず瞠目するほど破天荒《はてんこう》ではあるが、なんとも言えない説得力があった。

むろん、それをもって無罪釈放というわけにはいかないにせよ……。

（少なくとも俺の知る『今日子さん』なら、『キュートな刑事さん』に、あえなく逮捕されるようなずっこけの不手際を犯すとは思えない——）

犯罪を犯すことはあっても、不手際を犯すことはないように思える……、ただ、今自分が、忘却探偵から思考をじわじわ、誘導されているのも事実だ。いつの間にか、対話の主導権を握られていることを認めないわけにはいかない。取り戻さなければ。

「今日子さんは随分《ずいぶん》と、己の能力を高く評価してらっしゃるようですね」

皮肉を込めてそう言ってみたが、「これでも低く見積もっているのですよ」と、髪《かみ》の毛よりも白々しく言い返された。

「私の『専門家』ならば、おわかりのはずでしょう？」

「……『専門家』というほどの者ではありませんよ。私は。『経験者』なだけで」

「『経験者』」

台詞《せりふ》を繰り返される。

しまった。発言を引き出されてしまったか。

引き出された内容はどうということもないそれだが、しかし、引き出されたこと自体が、今後の『言葉のパワーゲーム』に影響を及ぼす。

実際にはさほどでもなくとも、劣勢《れっせい》に立たされている気分になる——気分。意外と大切だ。かつて日怠井警部が、忘却探偵から『かませ犬の気分』を味わわされてしまったときのように。

仕切り直すように、日怠井警部は咳払《せきばら》いをして、

「実際にあなたは、こうして逮捕されている」

と言った。

「あなたがこれまでそうしてきたように、完全犯罪が看破されたからだとは考えないのですか？」

「おやおや。それは斬新《ざんしん》な見解ですね」

笑う。ころころと笑う。

余裕綽々《よゆうしゃくしゃく》の態度はまったく崩れない。

「しかし、その場合、私の目の前にいるのはキュートな刑事さんではなく、凄腕《すごうで》の名探偵だったはずです。『専門家』――もとい、『経験者』の日怠井警部ならまだしも、私が何者かも知らなかったあのういういしい若者に、『忘却探偵の完全犯罪』が看破できるとは、失礼ながらとても思えませんよ」

理屈をこね回してくれる。

それもまた、探偵の面目躍如《めんもくやくじょ》か。

さりげなく持ち上げるようなことを言って、こちらの自尊心をくすぐる辺りもテクニックだろうか――覚悟した以上にやりにくい相手だ。

「あなたが犯人じゃないとするなら、今日子さん、じゃあ、いったい誰が犯人だって言うんですか？」

苛立《いらだ》ちもあって、それに、鬱積《うっせき》した『気分』もあって、ほとんど難癖《なんくせ》のように日怠井警部は訊いた――こういうことを言うから、被疑者がやってもいない犯罪を自白してしまうのである。

だが、今日子さんはそんな無茶ぶりに対して、待ってましたとばかりに、

「さすがは日怠井警部。私の考えていることなんて、ずばりお見通しですねえ――まさに今から、そのお話をしようと思っていたのです」

と、ずずいと身を乗り出してきた。

発言を引き出された振りをしていやがる――嫌な探偵だ。

椅子に縛り付けられているので、身を乗り出したと言っても、質素に身体を傾けた程度のことだったが。

「いったい誰が犯人なのか。真犯人なのか。私ならそれを突き止められると思うのですよ――最速で」

「最速――」

にして、忘却探偵。

どんな事件も一日以内に解決する。瞬間芸の謎解き。

「……おん自ら、潔白を証明しようと言うのですか？」

かつて日怠井警部の目前で、被疑者とされた青年の無実を証明したように、今度は自分の無実を証明しようと言うのだろうか。

名探偵として。

「ええ。詳細さえ教えていただければ」

今日子さんは言った。言い切った。

そしてこう付け加えることも、忘却探偵は忘れなかった。

「つきましては、依頼料の相談をさせてくださいな。成功報酬《ほうしゅう》で構いませんので――」

3

自分の無罪を立証するための探偵行為の依頼料金を、よもや公的な捜査機関、法執行《ほうしっこう》機関に支払わせようとは、澄ました顔をしてとんでもないがめつさであり、また『経験者』である日怠井警部が知る通りの、揺るぎない今日子さんらしさでもあった。

彼女には危機感というものがないのだろうか？

いずれにしても、ここらが切り上げどきだった。

まさか、そんな要望（営業活動？）を受け入れるわけにはいかないが、とは言え、さすがに事件の概要も知らないままに事情聴取をおこなうのには限界がある。彼女が主張する無実が、どれほど信憑性《しんぴょうせい》があるものなのかを知るためにも、ここらで一度第四取り調べ室から退出して、事件ファイルに目を通す必要があった。

律儀《りちぎ》にも廊下《ろうか》で待っていた監視役の警察官に日怠井警部は、被疑者を留置場に連れて行くように告げた。

「独房《どくぼう》にしておけ。探偵だからな。相部屋にすると、トラブルの火種《ひだね》になりかねない」

何かと犯人から恨《うら》まれやすい職業である——しかも忘却探偵の場合、恨まれたことを忘れているときている。留置場の中で、諍《いさか》いが殺人事件に発展するとまでは思わないが、用心に越したことはあるまい。

「丁重に扱えよ。一日で記憶がリセットされると言っても、あの探偵は、法律に精通しているタイプだ。下手に手荒《てあら》な真似をしたら、足下をすくわれるぞ」

そう注意しておいて、日怠井警部は捜査一課のあるフロアに戻り、被疑者から『キュートな刑事さん』呼ばわりされていた（まあ、『冤罪製造機《せいきゆう》』呼ばわりよりはいくらかマシなニックネームだ）後輩を突き止めて、資料の提出を請求した。

普通、自分が担当した事件、自分が逮捕した被疑者を、たとえ先輩であろうと他の刑事に引き継ぐなんて、どう控えめに言っても嫌なもののはずだが、意外とすんなり、彼は作成途中のファイルを渡してくれた。

惜《お》しげなく。

むしろ手離れして、ほっとしているようでもあった——第四取り調べ室で、いったいどれだけやり込められたのだろうか。くたくたじゃないか。あれが未来の自分の姿かと思うとげんなりするけれど、日怠井警部はそんな未来に思いを馳せつつ自分の席について、ぺらりとページをめくる。

『被疑者——掟上今日子。年齢——自称二十五歳。

性別――女性。眼鏡――あり。

職業――探偵。置手紙《おきてがみ》探偵事務所所長。

生年月日――不明。出生地――不明。

経歴――不明。』

（経歴不明……？）

驚いた。

いや、一日で記憶がリセットされる忘却探偵が、己の過去を覚えていないと言うのなら、それはもちろん納得できることではあるが、公的機関が公的に調査して、それでも何も出てこないというのは、やや異質だ。

忘却どころか、過去に遡って存在を抹消《まっしょう》されているみたいな白紙状態だった。

賞罰《しょうばつ》はおろか、免許証《めんきょしょう》やパスポートの記録さえもない。

まるで存在しない人物のデータにアクセスしたようでもある……、自称だという年齢が定かではないのはもちろんのこと、こうなると、『掟上今日子』という名前すら、本名かどうか怪しくなってくる。

疑ってくれと言っているようなプロフィールだ。疑問の余地しかない。

探偵として見なければ、こんなに怪しい人物もいない。どうして今まで逮捕されていなかったのか、不思議なくらいだ。たぶんこの数々の『不明』だけでも、厳密には違法状態にある。

（……どれどれ）

そんな彼女が、いったいどんな罪状で逮捕されたのか、俄然《がぜん》興味が湧《わ》いてきた——だが、その不謹慎《ふきんしん》とも言える期待はやや、拍子抜けな感じで裏切られることになる。

ある意味で予想通りだった。

金銭絡みという、日怠井警部の最初の発想が、当たらずといえども遠からずだった——ただし、脱税やら詐欺《さぎ》やらではなく、罪名は強盗殺人だった。

強盗殺人。

まごうことなき凶悪犯罪だ。冗談でなく強行犯だった。

金銭目的で、人の命を奪っている——その上、現行犯で逮捕されている。作成途中の資料を読めば読むほど、潔白どころか漆黒《しっこく》だ。今日子さんの有罪は確定的なようにしか思えなかった。

他に犯人がいるなんて考えられない。

証拠も十分揃っている。凶器には、今日子さんの指紋《しもん》がべったりついていたそうだ。留置するまでもなく、ベルトコンベアーのように流れ作業で、今すぐ送検しても起訴できるくらいだろう——やはり本人が忘れているだけで、犯人は彼女で間違いないのではないだろうか。自分で殺しておきながら、捜査に協力しましょう（お金は払ってくだ

さいね）とは、ふてぶてしさを通り越してもはや滑稽《こっけい》な申し出とも言えたが、しかし、そう切り捨てるには、

（…………）

と。

日怠井警部には迷いがあった。

一抹《いちまつ》の不安である。否、一抹どころか、一点の不安である。

名探偵が罪を犯すなら、トリックを駆使した完全犯罪になるはず——などという今日子さんの馬鹿げた主張を、まさかそのまま受け入れるわけにはいかないにしても、この事件資料から読み解ける凶悪犯罪は、あまりに乱暴で、そう言っていいなら、雑過ぎる。

完全犯罪どころか、今日子さんを疑うしかないような、他に容疑者がいないような事件だ——だからこそ、あまりに不自然である。

たとえ名探偵じゃなくっても、短絡的なお金目当ての犯行であっても、多少はバレないための努力はするのではないだろうか——自分が疑われるしかないようなシチュエーションを作り出すことに腐心《ふしん》する犯人など、いるわけがない。

（まあ、自己主張の強い劇場型の犯罪ならば、そういうこともあるだろうが……）

罪名が強盗殺人では、どう転んでもそこに思想性などない。

怪し過ぎるから怪しくないなんて言うのも、探偵だから逮捕されたことが無罪の証明だと言うのと同じくらい、無茶な理屈だけれど――ひょっとすると、これは名探偵は、罠《わな》にはめられたんじゃないかという疑念が、日怠井警部の頭を過《よ》ぎる。汚名を着せられたのでは……、という、冤罪製造機ならではの視点で考えずにはいられない。

それこそ、探偵に恨みを持つ何者かから、罪をなすりつけられたんじゃないかと――そうなると、忘却探偵のデメリットがめきめきと頭角を現すことになる。たとえば事件当時のアリバイを主張することができない――忘れているのだから。

（……留置場ですやすや眠られてしまう前に、もう一度じっくり話を訊いたほうがよさそうだな。いや、あの調子なら、その前に……）

ここは『専門家』の意見を仰いだほうがいいかもしれない。あくまで日怠井警部は『専門家』ならぬ『経験者』だ……、しかも、刑事人生が一変するほどの苦い経験をさせられているので、彼女について、客観的な判断ができているとは言いがたい。あるまじきことに、どうしても個人的感情が先行する。

新たなる冤罪を生まないためにも、ここは万全を期す意味で、かつての冤罪被害者に教えを仰ぐとしよう――確かあの挙動不審の青年は、置手紙探偵事務所のお得意様だったはずだ。

言うなれば冤罪のプロフェッショナルであり、即《すなわ》ち、それこそ。

忘却探偵の専門家である。

（名前は、そう……、確か隠館厄介《かくしだてやくすけ》と言ったか……）

4

こうして僕は、この事件に関わることになった。

第二話

隠館厄介の今日子さん講義

1

　率直に言って、我が身を誤認逮捕した警察官に会うのは、それほど気が進まない。これっぽっちもわくわくしない。どきどきはするが、これは息切れをともなう動悸《どうき》だ。危うく無実の罪で起訴されかけたのだから、それだけでも怯《おび》えたくなるのは当然だが、大抵の場合、彼らは誤認逮捕が判明する前よりも、誤認逮捕が判明したあとのほうが、僕に敵意を向けてくるからだ……、むき出しにするからだ。

　取り調べ室では、それが手なのか、時に親身になってくれたりもする『人情派』の刑事や、他の刑事の暴走から僕を守ってくれる『人権派』の刑事であっても、冤罪体質の僕が『探偵を呼ばせてください！』という魔法のキャッチフレーズを口にし、快刀乱麻《かいとうらんま》を断つ名探偵の推理によって、あれよあれよと無実が判明した途端《とたん》に、くるりとてのひらを返す——僕を『敵』と見なす。

僕からすれば不合理極まる話だけれど、よくよく考えてみれば、彼ら彼女らの心境も、わからなくもない。意味不明ではない。

正しさ、もっと言えば正義を振りかざすとき、人は攻撃的になるものだが、それ以上に、自分の間違いを指摘する者が現れたとき、今の立場を脅かす者が現れたときにこそ、最大限に攻撃的になる——僕みたいな冤罪被害者なんて奴は、警察官からしてみれば、国家権力の威厳を失墜させかねない、犯罪者以上に憎《にく》むべき悪なのかもしれない。

なんとも恐ろしい皮肉である。

寓話《ぐうわ》的とも言えるが、教訓は得られそうにない。

それでも僕が、日怠井警部に会おうと決めた理由は、言うまでもない、今日子さんが逮捕されたという衝撃《しょうげき》の速報が飛び込んできたからだ——相も変わらず次なる職場を求めて履歴書を書く手を止めるブレーキングニュースとしては、あまりに十分過ぎた。

僕が誤認逮捕されるたび、そこまでは行かなくとも犯人と目されるたびに『探偵を呼んでください！』と叫んだように、今度は、今日子さんが、僕の助けを求めている——と考えるほど、おめでたい脳ではない。僕の思い込みは激しくない。

今日子さんには、今日しかない。

逮捕された時点の今日子さんが、僕というお得意先のクライアントのことを、覚えているわけがないのである。

「忘却探偵の専門家として、話を聞かせて欲しいのです」

とのことだった。

ふっふっふ。

それなら僕のところに電話をかけてきたのは正解だ。たぶん僕以上に、今日子さんに依頼を繰り返しているリピーターはいないからね。

なーんて、得意になっている場合でもなかった。

忘却探偵が逮捕。

咄嗟《とっさ》に『そんなはずがない！ 今日子さんに限って！ 冤罪に決まっている！』と意気込んで思ったものの、ふと立ち返ってみると、これに関しては軽々な判断ができない——いくら今日子さんが恩人でも、これまで僕は、その今日子さんを始めとする名探偵達が、まさしく『この人に限って』という人物を、真犯人としてびしばし指弾《しだん》していくさまを、目の当たりにしてきた。

逆説的だが、『意外な犯人』など、僕にとってはもう意外でさえないのだ——『探偵＝犯人』みたいな方程式は、古典的を通り越してほとんど古代文明だ。だから、今日子さんを信じるためにも、僕は日怠井警部に会って、ことと次第を教えてもらわなくてはならない——とにかく事情が知りたい。

日怠井警部。

忘却探偵ならぬ僕は、よく覚えている……、確か、不名誉にも『冤罪製造機』などと呼ばれていた。

そう、数百回を超える冤罪被害に遭ってきた僕（言い過ぎた。実際はたかだか百数回程度だ）だが、そんな中でも自慢があるとするなら、それはたとえどれほど執拗に疑われようと、絶対にあらぬ罪を認めたりはしなかったという点だ――なのだが、日怠井警部を相手にしたときだけは、本当に危うかった。

やってもいない罪を、危うく認めかけた。

自分よりも背の高い日本人と向き合うことなんて滅多《めった》にない――いや、身長だけなら僕のほうがまだ少しだけ高いのかもしれないけれど、やせ型の僕に対して、日怠井警部は肉襦袢《にくじゅばん》でも着ているんじゃないのかと言うほど、横にも大きい。

大きいと言うより、ごつい。

完璧に格闘家のシルエットだ。

彼の前では、正直であることよりも、当面の身の安全を確保するほうに気がいってしまいかけた……、機嫌を損ねないために、おべんちゃらではないにしても、相手にとって都合のいい『事実』ばかりを並べかけた。

よく覚えているどころかできることなら忘れたい、しかし忘れたくても忘れられない屈辱の恐怖体験である……、ただ、そんな彼も、そのとき、僕が呼んだ名探偵、今日子さんの前ではたじたじだった。

たぶん、身体がごついだけで（あとは、顔が怖いだけで）、そんな悪い人間ではないのだろう……、もっとも、いい悪いは別にして、前述の通り、僕は彼にとって、『誤認逮捕の生き証人』なわけで、僕が向こうに会いたくないのと同様に、いやそれ以上に、向こうこそ僕に会いたくないだろうに、それを押して会おうとするなんて、この点だけでも、何らかのただならなさは感じられる。

あるいは、僕を共犯者と疑っているとか。

そんな可能性を本気で考慮したわけではないけれど、僕は日怠井警部の勤務する警察署で会うのではなく（署内に這入《はい》った瞬間、逮捕されるかもしれない。地域の治安を司るその施設は、僕にとって『敵地』だ）、それに僕のアパートに来てもらうのでもなく（家宅捜索がおこなわれ、ありもしない不審物が見つかるかもしれない）、安全な第三地点として、フランチャイズのファミリーレストランで会う約束をした。

こういう被害妄想《ひがいもうそう》的な気の回しかたが、かえって怪しまれる原因になると、わかっちゃいるのだけれど。

2

しばらく振りとなる日怠井警部との再会は、むろん、お互いにハイタッチをしてハグをするような、劇的なものとはならなかった……、幾分《いくぶん》かの気まずさと、同じくらいのよそよそしさと共に、冤罪製造機の刑事と冤罪体質の求職者は、同じ食卓《しょくたく》につくことになった。

僕もかなりびくびくしていたけれど、大して親しくもなさそうな巨漢ふたりがテーブルに向き合っている姿が、牧歌的な店内の雰囲気をざわつかせたことは言うまでもない。

ちょうど夕飯どきだったので、それぞれ注文し（シェフのおすすめメニューを注文しただけのつもりだったが、それがうっかりカツ丼になってしまったのは、当てこすりと取られなかっただろうか――ちなみに日怠井警部は糖質カットのメニューを注文していた）、それからようやく、本題へと入った。

ただ、肩透《かたす》かしだったのは、今日子さんが逮捕されたという事件の詳細を、日怠井警部がまったく教えてくれなかったことだ――僕はそれを知るために来たと言っても過言ではないのに、その辺については何も教えてくれない。

「いわゆる『捜査上の秘密』です。被害者のプライバシーもありますので」

そう言われてしまうと、まあ確かにその通りなのだけれど、しかし、訊きたいことだけ訊いて、そちらからは何も話してくれないと言うのでは、筋が通らない。

ここは取り調べ室ではないのだ。

一方的に質問に答えるつもりはない。だったらもう話すことはありません、帰らせてもらいます——と、しかしここで強気に出るほど、僕も感情的な人間ではない。

確か、ゲーム理論だったか、それとも行動経済学の考えかただったか、こんなたとえ話が、テレビ番組で紹介されているのを見たことがある。

1000ドルの現金を、AくんとBくんとでわけあうことになった——どういう分配にするかは、Aくんが決めていい。ただし、Bくんは、Aくんの決定を覆《くつがえ》す権利がある。Bくんが分配に納得しなかった場合は、AくんもBくんも、1ドルだって手に入れることはできない——つまり、AくんはBくんが、納得する分配プランを提示しなければならない。

さてこの場合、Aくんが考えるべきベストプランは、Aくん何ドル、Bくん何ドルでしょう？

僕みたいな気弱な人間がAくんだったなら、Bくんのちゃぶ台返しを恐れて、ついつい機嫌を取ろうと、まあ400ドル：600ドル、ひょっとしたら300ドル：700ドルの分配プランを提示しかねない——思いっきり強気に出ても半々の、500ドル：500ドルまでだろう。

だが、この場合の正解は、Aくん999ドル：Bくん1ドルである――もっと言うなら、Bくんの取り分は、1セントだって構わない。

Bくんに、どれだけ強力なちゃぶ台返しの権利があると言っても、それを行使すれば、自分の取り分はゼロになってしまうのだ――だとすれば、たとえ手に入るのが小銭程度の額だったとしても、損得勘定抜きならぬ感情抜きで考えるなら、Aくんが提出した分配プランを、言われるがままに受け入れるのが最良の対応なのだ。

そこで妥協する必要はAくんにはない。

……現実的には、もしもこんな不公平を通り越して不公正な取引があったとして、Aくんが Bくんに、999ドル：1ドルの分配プランを提示すれば、たぶんBくんはひっくり返すだろう。目先の利益よりも、『なめられた』という怒りや、『ここで受け入れれば、こんなことが一生続く』という未来予測が先に立つに違いない。たった1ドルのために自分を曲げまいとする。

囚人《しゅうじん》のジレンマやらと同じで、あくまで机上の空論だ……、ただ、何度も窮地《きゅうち》から救ってくれた恩人が、まさしくほぼ囚人みたいな状況に置かれている僕としては、短絡的に目先の利益を優先せざるを得ない。ケーキをふたりでわけるときは、Aくんが切ってBくんが選ぶのが正解――なんて、そんな正統派の理屈は、蟷螂《とうろう》の斧《おの》にさえならない。

ほとんど一方的に情報を提供してでも、わずかな情報を得られる可能性に、甲斐甲斐《かいがい》しくもすがりつくように賭《か》けるしかないのだ……、もしも僕がAくんだったなら、なんて無理な想像はせずに、ここは従順で言われるがままの、素直で可愛らしいBくんになろう。

「わかりました、日怠井警部。でも、せめて今日子さんが逮捕された罪状くらいは教えていただけませんか？　でないと、いくら今日子さんの専門家である僕とて、適切なコメントができるとは思えませんので」

「ふむ」

と、思案する様子を見せる日怠井警部。

意外と面倒臭《めんどうくさ》い奴だなと思われたのかもしれない……、面倒と言うか、面の皮が厚いと言うか、あるいは、妙《みょう》に専門家ぶった発言が、単純に気に障《さわ》ったのかもしれない。

「わかりました。ただし、他言は無用でお願いしますよ、隠館さん。そもそも、俺……、私がこうしてあなたと接触していること自体、あまり褒《ほ》められたことではないんです」

そりゃあそうだろう。

誤認逮捕の執行者と被害者がディナーを共にしている図など、いったいどんな想像をかき立てるものか、わかりきっている……、変に表沙汰《おもてざた》になれば、世間をお騒がせしてしまいかねない。案外、警察署や僕の自宅で会いたくなかったのは、日怠井警部のほうだったのでは。

ただ、この（保身の混じった）認識は、やや甘かったと言える……、事態はもっと深刻だった。こざかしいゲーム感覚で取り組んでいる場合ではないほどに。

「今日子さんにかけられているのは、殺人容疑です」

日怠井警部は身を乗り出すようにして、僕にそう耳打ちした……、巨漢二名のこそこそした内緒話など、周囲のお客さん達にはさぞかし滑稽だっただろうが（どころか、楽しい食事中にそんな奇行を見せられるのは、酷刑《こっけい》とも言える）、しかし、それがわかった上でも、まったく大きな声ではできない話だった。

殺人？　殺人容疑？

脱税でもなく横領でもなく賄賂《わいろ》でもなく詐欺でもなく――殺人？

身の毛もよだつような罪状だった。

数々の冤罪をかけられてきた、冤罪マスターを名乗ってもどこからも文句がつかないであろう経歴を持つ僕ではあるが、今日子さんに一気に追い抜かれてしまった気分である――いや、今日子さんが冤罪だとは限らないのだ。

「た、逮捕されたと言っても、てっきりお金絡みだと思っていました――」

「ええ。私もそう思っていました」

期せずして意見が一致した。まあ、この意見は誰とでも一致するだろう――動揺を抑えきれないまま、僕は必死で頭を回転させる。

今日子さんが殺人に手を染める？

そんなことがあるか？

いや、返す返すも銘記しなければならないことは、探偵だから犯罪に手を染めないとは限らないということだ——刑事だからいい人だということにはならないように。もちろん、冤罪被害者だから聖人君子ということにもならないように。

むしろ探偵だからこそ、人を死に追いやるというケースは、悲痛なことに、まったく例がないわけではない。

むしろわんさかある。

謎解きの場面で、推理をつきつけられた犯人が自ら死を選ぶ——なんてのはまだ情状酌量《じょうしゃくりょう》の余地があるほうで、もっと積極的に、犯人を正義の名の下に、『処刑』する探偵だって枚挙にいとまがない。

犯人なら殺していいのか？　もしくは、悪人なら殺していいのか？

この問いは、死刑制度に関わるデリケートな人類の課題であり、とてもミステリーのエンターテインメントな文脈で語れるテーマではないけれど、深淵《しんえん》を覗く者がまた深淵から覗かれているように、殺人事件を推理する探偵にとって、よくも悪くも、殺人が身近なものになるのも確かなのだ。

職業探偵である掟上今日子には、犯人を裁こうなんて傾向はほとんどないようだったけれど、しかし、忘却探偵のオーソリティである僕も、彼女のすべてを知っているわけではない――心の内に秘められていた正義感が暴走し、殺人事件に発展したという可能性を、完全には否定できない。

「ちなみに強盗殺人です」

「ご、強盗殺人!?」

夕食時のファミリーレストランで、思わず大声を出してしまった。

慌ててフォローするように、「ご、ゴート札？　あの伝説の偽札ですか？」と、咄嗟に誤魔化《ごまか》した。

そこはベテランの刑事らしく、あるいは警部らしく、日怠井警部は「ええ。本物以上と謳《うた》われたあれです」と、即興《そっきょう》で合わせてくれた。クラシックアニメファンの巨漢二名だと思われてしまったけれど、まあ、冤罪製造機と冤罪体質の二名と思われるよりは随分マシだ。

いやでも、実際、偽札事件ならば、まだしも今日子さんらしいと、言って言えないことはなかったけれど、よりにもよって強盗殺人とは……、どれだけ選りすぐりなのだ。よりにもより過ぎて、よれてしまっている。

もうそれは、事務所所長としての不正でもなければ、名探偵としての不正義でもない

——ただの凶悪犯罪だ。

「強殺《ごうさつ》って、最低でも無期懲役《むきちょうえき》になる罪名じゃないですか……」

「……隠館さんは、ずいぶん刑法にお詳しいようですな」

おっと。僕にあらぬ疑いが向いてしまった。これはいけない。好ましくない。冤罪を回避するために、それなりに六法全書を読み込んでいるだけなのに……。

「強盗殺人も、一応、金銭絡みの犯罪ではありますがね……」

日怠井警部はぼやくように、そんなことを言った。

そう言われてしまうとまさにその通りなのだが、今日子さんのおっとりしたイメージとは、およそかけ離れた罪状である——ただし、彼女がイメージ通りの淑女《しゅくじょ》でないのも、また確かなことだった。

どんな紙にも裏表があるように、どんな人間にも裏表がある。

それを僕は、これまでの冤罪生活の中で痛感しているし、今日子さんだけを例外とする理由は、どこをどれほど探そうと見つからないのだった——『心のうちに秘められていた正義感』よりは、むしろよっぽど人間らしい。

しかし、一方で、気にかかることもあった。

繰り返しになるが、強盗殺人となれば、文句なしの凶悪犯罪である。当然、報道に乗ってしかるべきだ。日怠井警部のこれまでの話しぶりからだけでは、事件発生の日時を推定することは難しいが、ここ数日、もしかすると本日の出来事であることは間違いないだろう——だが、そんな凶悪犯罪が、新聞やテレビ、ネット界隈《かいわい》を賑《にぎ》わしたという事実を、僕はつかんでいない。

どんなタイミングで、どんな場所で、どんな風に、どんな奇抜な角度から冤罪をかけられるかわからない僕のような人間は、当然の備えとして、犯罪報道には日頃から目を光らせているのだが（六法全書と同じくらいに——なんて言うと、また日怠井警部の疑心を喚起《かんき》しかねないが）、少なくとも、『名探偵、強盗殺人で逮捕！』などというセンセーショナルな見出しが紙面を飾ったのを見た覚えはない。

ひょっとして、報道規制が敷かれているのか？　結局のところ、警察が発表しない限り、事件報道なんて、なかなか世に出回らないわけで……。

「報道規制と言うほどのものではないんですがね。私の独断で今のところは抑えています……、隠館さんとのこともありましたから」

日怠井警部はみなまで言わなかったが、要するに、かつて管轄内の事件捜査にかかわった名探偵が、凶悪犯罪の犯人として逮捕されたなんてニュースが、おかしな形で出回ることは避けたいということらしい。

ふむ。

厳しい見方をすれば、それは隠蔽《いんぺい》的保身とも言えるのだろうが、組織防衛の観点に立てば、当然の発想ではある――報道が過熱し、最悪のケースに至れば、問題は、日怠井警部の署内だけでは収まらなくなる。

なにせ、今日子さんは全国津々浦々《つつうらうら》の警察署で、捜査協力をおこなっている……、組織としてざっくり総括的に見るなら、警察機関は置手紙探偵事務所の、隠館厄介に匹敵《ひってき》するお得意様なのである。

警察に、明に暗に協力していた名探偵の正体が、実は凶悪な殺人犯だったなんて、絶対にあってはならない不祥事である……、これまで彼女が解決に力添えしてきた事件（他ならぬ隠館厄介案件を含む）を、すべて洗い直さなければならない。

慎重に慎重を重ねて、なお足りない。

ある意味、警官の不祥事よりも、事態は重い。

そして、『私の独断』などと言っているが、それが課の、あるいは署の総意であることは、推理力皆無の僕にも、容易に想像できた。

背負い込み過ぎだ。

責任感が強いと言うより、単に不器用なのだろう――このとき、自分を誤認逮捕した警部に、初めて僕は、好感を持った。

とは言え、本当のところ、それは杞憂《きゆう》である。もしもそれが理由で僕に『傾向と対策』を教えてもらおうとアプローチしてきたのであれば、取り越し苦労もいいところだと思う……、なにせ、今日子さんは忘却探偵である。非公式な捜査協力が表沙汰になるのは確かにまずいが、しかし、彼女が捜査に協力したという記録は、どこにもないのだ。

証拠不十分である。

だからこそ、一介の民間探偵が、秘密裏にとは言え警察からの依頼を受注していたという流れがあるのだけれど……、どうほじくり返されても、どんな腕利きのメディアも、それを立証することはできない。

何の心配もいらない。知らぬ存ぜぬを押し通せばよいのだ。

……ただ、わざわざそれを教えてあげて、日怠井警部の肩の荷を下ろさせてあげるほど、警察へ肩入れもできなかった。

善良な一市民としての義務を果たしていないとお叱りを受けるかもしれないが、『大丈夫ですよ、安心して手続きを進めて、今日子さんを送検してください』なんて、僕の口から言えるわけがない。

はるばる僕のようなものの知恵を仰ぎにきてくれた日怠井警部には申し訳ないけれど、たとえ今日子さんが凶悪犯罪の犯人だったとしても、僕は彼女の味方である。

少なくとも事情がわかるまでは。

今日子さんは絶対に無実ですと主張できるほど、この専門家は彼女を知り尽くしてはいないけれど、彼女が僕のかけがえのない恩人であることは、百パーセント断言できる事実なのだ。

もっとも、僕に指摘されるまでもなく、そのうち誰かが気付いてしまうだろうが（日本中を探せば、僕の半分くらいは今日子さんについて精通している警察官も、いないじゃないだろう）、それまでは報道規制状態を維持したい。

と、そこで僕は、捜査上の秘密を押しても、あるいは報道規制を置いても、どうしても教えてもらわなくてはならないことに思い至った――むしろいの一番に訊いておくべきことだったが、強盗殺人という言葉のインパクトが強烈過ぎて、気が回らなかった。

「あの、罪状認否――いえ、今日子さんは、強盗殺人の罪を認めているんですか？　事情聴取は、どこまで進んでいるんでしょう」

素人《しろうと》が変に専門用語を使おうとすると、怪しさが増す一方なので、僕は平易に言い直しつつ、日怠井警部にそう質問した。

日怠井警部は、答えたものかどうか、やや躊躇《ちゆうちよ》したようだったが（『警察は認否を明らかにしていません』パターンかと構えたが）、

「きっぱりと否認しています。穏やかながらも、断固として」

と教えてくれた。

ここまでのやりとりを経て、多少は腹を割ってくれたのだろうか――案外、カリ城《しろ》ご

っこがはまった気もする。

「現行犯なので、否認の余地はないように思うんですがね。しかし、本人いわく、『探偵である私が犯罪に手を染めるなら、それは完全犯罪であるべきで、こうして逮捕されているという時点で、私の潔白は証明されているようなもの』――だそうです」

「はあ……」

今日子さんらしいコメントだ。

なんとも図太く、ふてぶてしい。

もしかしたら僕がいつもそうであるように、ぐったりと取り調べ室で疲弊しているんじゃないかと気を揉《も》んでいたが、どうやらその心配はなさそうである――疲弊しているのは、むしろ日怠井警部のほうか。

ただ、彼はあくまで詳細を語らないが、そのコメントから察すると、今日子さんは事件当時の記憶を、既に忘却しているようだ。『現行犯』というのも、日怠井警部としては漏《も》らすつもりのなかった情報だろうけれど、ありがたくそれも含めて勘繰《かんぐ》るに、今日子さんは寝起きを逮捕されたと言ったところか……、ふむ。

「隠館さんに、一番訊きたいのはそこなんです。この場合、『探偵ゆえに、逮捕された時点で無実である』という主張には、いったい、どれくらい信憑性があるんでしょうか？」

真面目に訊かれると、うっかり笑ってしまいそうになるくらい奇矯な問いではあるものの、これは『探偵は正義の味方なので、犯人ではありえない』と言うような、テンプレート的な決まり文句とは、若干趣《おもむき》を異《こと》にする。

「……うーん」

忘却探偵の逮捕を、たとえ公表したところで、彼女と警察機関との密接な繋《つな》がりが表沙汰になることはない、という適切なアドバイスをしなかった後ろめたさもあって、僕は考え込んでしまう……、ここで無責任な返答はできない。

今日子さんのプロとしても、人としても。

「これじゃ答になっていないかもしれませんが……、常識的なことを言えば、名探偵だからと言って、完全犯罪をおこなえるかと言えば、そんなことはないと思います。『法では裁けない悪』みたいなのはあっても、完全犯罪は不可能だというのが、僕の見解です」

「…………」

「もちろん、中にはそれができてしまう名探偵もいるのかもしれませんが、しかし今日子さんは、最速の探偵であって、万能の探偵ではありませんからね。できないことはできません。ただ……」

さんざん悩《なや》んだ挙句、結局、喋《しゃべ》りながら考えるような形になってしまった。

「強盗殺人という犯罪が、今日子さんらしくないことは、間違いありません」

「……名探偵らしからぬ、と？」

「いえ、名探偵どうのこうのではなく、たとえ金銭絡みであっても、まるで今日子さんっぽさがないという意味です……、うまく言えませんけれど」

これでは結局、『今日子さんに限って』と言っているのと大して変わらない気もする。

ここで僕が言いたいのは、たとえお金を目的として、衝動的に、あるいは暴力的に殺人を犯すとしても、今日子さんがやるのなら、罪名は別のものになるだろうというようなニュアンスなのだが……。

ただ、この伝わらない、感覚じみた物言いこそ、日怠井警部が望んでいた答だったようで、「ですね」と、深く頷《うなず》いた。

「詳細はお話しできませんが、なんとも粗雑《そざつ》な犯罪でしてね。ファッショナブルな今日子さんに不似合いだという違和感がありました……、これは今、隠館さんと話していて気付いたことですが。名探偵だから、逮捕されたらイコール誤認逮捕という馬鹿げた理屈を、心理的にはともかく、正式に採用するわけにはいきませんが、隠館さんのその感覚は、アテになるように思えます」

「と、とんでもないです」

それこそ、正式に採用するわけにはいかない印象論でしかない——それに、単純に、死体に華美《かび》なドレスを着せていたり、犯行現場を洒脱《しゃだつ》にデコレーションしていたりしたら今日子さんらしいのかと言われれば、それも頷けないものはある。

筋は通っていないのだ。

本人の否認だって『犯行を忘れているだけ』と見たほうが、よっぽどわかりやすい。

「では、重ねてもうひとつお尋《たず》ねします」

そう言われると、取り調べられ慣れている僕は、思わず自身のアリバイを答えそうになってしまうけれど、もちろん、そんな問いではなかった。

「忘却探偵が罠にかけられたことは、これまでありますか？　そう――真犯人から罪をなすりつけられそうになったり、あるいは、ありもしない罪をでっち上げられたり」

ふむ。これは忘却探偵の専門家としての隠館厄介ではなく、冤罪コメンテーターとしての隠館厄介の出番かもしれない。

まあ、それと似たような事例が、今日子さんの身になかったわけではない。何かと恨みを買いやすい職業ではあるし、また、名探偵にそのたぐいまれなる推理力を存分に発揮される前に、濡《ぬ》れ衣《ぎぬ》を着せて黙らせようと発想する犯人だっている。

……だけど、逮捕にまで至った事例というのは、僕の知る限りなかった。仕掛けられた罠や着せられそうになった濡れ衣を、今日子さんはひらりと切り抜けていた。

異質なのは、そこでもあるか。

今日子さんが、何者かの罠にかかって逮捕されたのだとしたら、『名探偵なのに、そんな罠にかかるなんてありえない』という理屈が成り立ってしまう。ならば、この思考ルートで想定される可能性はふたつ……、今日子さんは、やっぱり罠にかかったのではなく、彼女が正真正銘の犯人だから逮捕されたのだというケース。

順当に考えるならこれしかないが、もうひとつ、無理矢理、思いつく推理がある……、今日子さんの専門家としての見解ではなく、これはほとんど、今日子さん派としての見解になってしまうが。

「罠だとわかっていて、自らハマったケース——ですね」

「自分から、罠に……？」

怪訝《けげん》そうな顔をする日怠井警部に、

「事件解決のために、わざと逮捕されるというのは、なんともこの上なく、今日子さんらしいと思います。なんともお洒落《しやれ》で、スタイリッシュで、イカしてる」

と、僕は続けた。

「虎穴《こけつ》に入らずんば虎児《こじ》を得ず——ではありませんが、事件についての情報を得るために、今日子さんは、あえて逃れようとはせず、現行犯で警察に逮捕されたのかもしれません。日怠井警部。今日子さんは取り調べの中で、捜査に協力したいみたいなことを言っていませんでしたか？」

「…………」

どうやら——言っていたらしい。

再び忘却探偵の専門家としての見解を述べるなら、きっと今日子さんは、がめつく依頼料も要求したことだろう。

3

日怠井警部は隠館青年と別れるや否や、すぐに警察署に引き返した。

第三話　掟上今日子の留置場

1

日怠井警部は憤然《ふんぜん》とした足取りで、千曲川署地下の留置場を目指した。

かつて自身で誤認逮捕した被疑者、隠館厄介との面談から得るものは多かった。過去の経緯を思うと、互いにとって楽しい再会だったとはとても言いがたいが、しかししばしぶ会っただけの甲斐はあった。少なくともこちら側には。

(相変わらずおどおどした、挙動不審な猫背の青年じゃああったが……、忘却探偵について語るときだけは、妙に生き生きしていたな)

そこが一番挙動不審だったとも言える。

現在無職と聞いたときには、さすがの冤罪製造機も心を痛めたものだったが、それはどうやら、日怠井警部の誤認逮捕とは無関係の求職生活のようだった——あれから何度も冤罪をかけられ、何度も職を転々としているそうだ。

とは言え、原因ではなくとも遠因ではあるだろうから、押しつけがましくならないように気をつけつつ、食事代は日怠井警部が持った……、経費で落ちっこない出費なので、これは彼の持ち出しになるが、得られた情報からすれば、それに、わずかばかりの償《つぐな》いになるとすれば、あまりにも安過ぎる代償《だいしよう》だった。

が、そんな『忘却探偵の専門家』から示唆《しさ》された可能性は、有益ではあっても、なんとも不愉快なものだった……、日怠井警部にしてみれば、許すまじと言ってもいいような可能性だった。

（捜査に参加するために、わざと逮捕された？　自身は忘れてしまった事件の情報を得るために、あえて手錠をかけられた？）

それが本当なら、ふざけている。

今すぐにガツンと言ってやらねば気が済まない……、取り調べ室から遠のいて以来、どこか腐ったような、ふて腐れたような刑事生活を続けてきたが、ガソリンをマンタンに注入された気分だった。

いや、火に油を注がれた気分か。

とにかく怒り心頭で、怒髪天だった……、刑事事件の捜査というものを、正面から侮《ぶ》辱《じよく》されたかのようだ。

もちろん、本人にはそんなつもりはないのだろう——彼女は彼女で、忘れてしまった事件の概要を知るために、あるいはかけられた疑いを払拭《ふっしょく》するために、もっとも効率のよい合理的な手段を、ドラスティックに取ろうとしているだけだ。

だがそれは、刑事をかませ犬にする行為だ――かつてと同じように、日怠井警部を狂言《きょうげん》回しのバイプレイヤーに当てはめようとしている。キャスティングで配役で香盤《こうばん》だ。

それが我慢《がまん》ならない。

事件が解決するなら、誰が解決したって構わない――民間人が解決しようと、いいじゃないかという考えかたには、基本的には賛同する。手柄《てがら》を横取りされるのが嫌なわけでもない。そんな競争からはとっくに降りている。

(なのに、どうしてこんなに、あの探偵は、俺の心をざわつかせるんだ――苛々する)

隠館青年のようなおめでたい信奉者《しんぽうしゃ》には、とてもなれそうもない。ああなれたら楽なのだろうとも思うが。

(いや――あれはあれで、俺の姿勢と表裏のポジションなのだろう)

彼には彼の葛藤《かっとう》があるに違いない。

一枚の紙の表裏だからこそ、紙一重のところで致命的にわかり合えないというだけだ――とは言え、ただただ怒りに任せて、忘却探偵を怒鳴《どな》りつけてやろうと、日怠井警部は地下留置場に向かっているわけではない。

隠館青年との会話の中(彼の『今日子さん講義』の中)で、興味深い一節があった

——それも信奉者ゆえの感覚的な一節、いや、仮説ではあったが。

慎重に情報を伏せつつも、日怠井警部が、『忘却探偵は左腕に備忘録を残していて、現在、自身について把握しているプロフィールはそれだけらしい』と取り調べ時の様子を開示したとき、

「たぶん、それは嘘《うそ》でしょうね」

と、隠館青年は、控えめな姿勢は維持しつつも、きっぱりそう断定した。

「プロフィールはともかく、他にも、把握している情報はあると思います。手がかりと言いますか、ヒントと言いますか。常に切り札を用意しているような人ですから……、左腕の備忘録を自ら晒《さら》したということは、必ず、他に切り札はあるということです」

「では、身体のどこかに、別の備忘録が書かれていると？」

その可能性はもちろん、考慮してはいた。しかし隠館青年は、

「あった、と言うべきでしょう」

と、悩ましげに腕を組んだ。

「逮捕され、留置場に入れられるとなると、どうしても着替えなくちゃいけませんからね。その際、警察のかたに肌を見られる可能性を危惧《きぐ》するなら、既に左腕の備忘録以外は消しているのではないでしょうか……、『絶対に落ちないマジックペン』もあれば、『こすれば消えるマジックペン』だってありますからね」

たとえ残されていたメモがあったとしても、それはもう今日子さんの頭の中にしかないということです——と、専門家は言い切った。

(だったら、それを聞き出さねば……、今日中に)

明日まで待っていられない。

気が急いているというのもあるけれど、明日になれば、忘却探偵はそれを忘れてしまうのだから——被疑者に捜査協力を依頼するなんて言語道断だが、値千金のその情報だけは、どうにか引き出さねばならない。何としても。

(まあ、ひょっとするとそれは、彼女自身の有罪を立証する『証拠』としてのメモ書きかもしれないのだから、自白させるのは容易じゃなかろうが……)

ところで、隠館青年は、こんなことも言っていた。

「日怠井警部の立場からすれば、およそできない相談だとは思いますが、でも、多少の出費は覚悟しても、早めに今日子さんの協力を受け入れることをお勧《すす》めします……、そうすれば、七十二時間の勾留《こうりゅう》期限のうちに、どうあれ真相を突き止めることができると思いますから」

あなたが今勾留しているのは、最速の探偵であり、最速の容疑者なのですから——だそうだ。

たとえ頭に血が上っていなくとも、確かにできない相談だった——なんだったら、勾留期限など、延長に延長を重ねて二十三日、締めて五百五十二時間まで使い切ってもいいくらいだ。

（いや――駄目か。眠るたびに記憶がリセットされる忘却探偵が相手じゃ、たとえ徹夜を続けても、やっぱり七十二時間が限度だ）

取り調べ内容までリセットされては敵わない。そんなのは不毛過ぎる。タイムリミットが、こうなると時限発火装置のようでもあった。

ならば一秒だって無駄にはできない。そんな思いで、日怠井警部は留置場、その独房へと駆け降りるように到着した――今回は、他の被疑者との無用のトラブルを避けるために、今日子さんをこの房へと案内させたが、本来は、同房の者に危害を加えかねない危険人物を隔離するための鉄格子《てつごうし》である。

その分、警備はとりわけ厳重で、日怠井警部とて、檻《おり》へ近付くには所定の手続きが必要なくらいだ。だから隠館青年が、最後にぽつりと付け加えた忠告は、まったく無用の心配と言えるだろう。

「もしも捜査協力の依頼が得られないとなったら、今日子さんは脱獄《だつごく》してでも、真相を突き止めようとするでしょう――あの人にそんな選択をさせないよう、ゆめゆめ、お気をつけください」

留置場から逃げ出すことを脱獄と表現するのは正確ではないけれど、隠館青年は本気でそんな可能性を危惧しているようだった。

馬鹿馬鹿しい。

いくら名探偵とは言え、鉄格子という密室から、そうそう脱出されてなるものか——それでは名探偵ではなく、奇術師《きじゅつし》である。

ともかく、気が逸《はや》る身にはあまりにわずらわしい手続きを終えて、監視員に案内される形で、今日子さんが勾留されている独房へ続く廊下を歩く——突き当たりの殺風景な空間に、四方を檻に囲まれて、彼女はいた。

「……え？」

その様子に、日怠井警部は絶句してしまった。

2

確かに彼女は、規則に従って、着替えさせられていた……が、それは勾留者用に用意された飾り気のないジャンプスーツではなく、ファッショナブルなドレープスカートに、オーバーサイズのサマーセーターという出で立ちだった。シンプルではあるものの、とても檻の中に似つかわしいドレスコードとは言えない……、そんな姿で、今日子さんは独房の床に腰を下ろし、読書に勤《いそ》しんでいた。

読書？　あの本は、そして衣装は、いったい誰から差し入れられた？

ここまで日怠井警部を連れてきた監視員をぎろりと睨《にら》みつけると、

「ほ、本は私が用意したものです」

と、訊いてもいないことを白状した……、冤罪製造機の本領発揮とも言えたが（まさか同職の者を自白させることがあろうとは）、彼にも、それを後ろめたく思う気持ちはあったのだろう。

「いえ、その、留置場での規則を手順通りに説明しているうちに、なぜか用意しなきゃいけないような流れになって……、名探偵だって言うから、間を保《も》たすために、軽く推理小説談義をしていただけのつもりだったんですが、いつの間にか、近くの書店まで買いに行くことに……」

なんだそりゃ。どんないつの間にかだ。催眠術でも使われたのか。

思っていた以上に事態は深刻なようだった……、睨みつける対象を、手玉に取られたらしい監視員から、檻の中の、囚われの探偵のほうに向けると、きりのいいところまで読んだらしく、栞《しおり》を挟んで本を閉じ、

「やはり須永《すなが》先生の文章は、心洗われますねえ」

とこれみよがしに呟《つぶや》いてから、さも今気付いたかのようにこちらを向いて、「あら、日怠井警部」と、笑顔を作った（作った）。

心洗われるどころか、監視員の若者相手に洗脳じみた真似をしたかもしれない探偵に、日怠井警部の警戒心はかき立てられる――怒りと共に乗り込んで来たはずの留置場だったが、その激情が急速に冷めていく。

「これから取り調べですか？　それとも、ご依頼ですか？」

まるで鉄格子に囲まれたその部屋が、置手紙探偵事務所の別館であるかのような物言いは、どこか挑発的でさえあった――まずい。

このままでは日怠井警部も、『いつの間にか』、今日子さんに依頼をしてしまう危険性を感じた――目を逸らすように、日怠井警部は再び監視員へ向き直り、

「あの服も、お前が用意したのか」

と訊いた。

「見る限り、男のセンスではなさそうだが？」

「あ、あれは着替える際にボディチェックをした、女性警察官が準備……」

「だろうな。だが、本の差し入れはまだしも、あの衣装は完全に規則違反だろう。誰だか知らんが、そいつは罰を受けることになるぞ」

「い、いえ、それがやむをえない緊急的な措置だったと言いますか……、保管されていた婦人用のジャンプスーツが、すべて……、誰かがコーヒーでもこぼしたのか、びしょびしょに濡れていまして……、代用の服を用意するしかなかったんです」

びしょびしょに濡れていた？　すべて？

どういうことだ？

混乱する頭では、日怠井警部にはせいぜいひとつくらいしかシナリオが思いつかなかった……、つまり、『同じ服を二度着ているところを誰も見たことがない』と言われるほどお洒落な探偵である今日子さんに、飾り気のないジャンプスーツを着せまいとする勢力が、この千曲川署の中にあるということだ。ひとりやふたりでなく。

（隠館厄介と同じような、信奉者……）

忘却探偵のファン。

代わりとなる衣装を調達した女性警察官が、果たしてその一員なのかどうかは定かではないが、しかしまあ、捜査を共にしたかどうかはともかく、忘却探偵を知っている者が、署内に日怠井警部だけとは限らないわけで……、その上、彼女に対してひねたコンプレックスを抱いている日怠井警部は、むしろ少数派だろう。

少なくとも上司は、刑事部で接点を持っているのは日怠井警部だけだと判断したようだが、それだって確かなことはわからない……、いかんいかん、疑心暗鬼にとらわれるな。署内に忘却探偵の味方がいると言っても、あくまで、勾留生活を快適にするための便宜《べんぎ》を図る程度の『信奉者』だ……、にわかに隠館青年の言う『脱獄』が現実味を帯びてきたようにも思えるが、そこまで本分を逸脱する警察官がいるとは、さすがに考えられない。

むしろこれ見よがしに本を読んでみたり、お洒落を決めてみたりすることで、今日子さんは日怠井警部にプレッシャーをかけているのだと考えたほうが正しそうだ。さっさと依頼しろというあからさまな当てこすりだ……、そうは行くか。

むしろ燃えてきた。

怒りが再燃してきた。

「……ボディチェックの際、その女性警察官は、何か気付いたことはあったのか？」

「は？　いえ、特に聞いていませんが……、左腕に自己紹介？　ＩＤ？　の文章が書いてあった他には……」

ふむ。

やはり他にメモがあったとしても、既に消去されているのか……、いや、隠館青年の予想は、あくまで予想だし、逆に言えば、担当者が今日子さんの信奉者である可能性を考えるなら、ボディチェックも必ずしもアテにはならないのだが。

手心を加えられてはいないにしても、お手柔らかだったかもしれないのであれば、被疑者本人にアタックするしかない。

「わかった。もう持ち場に戻っていいぞ」

「あ、いえ、しかし……」

監視員の彼は、粘り強く何か言いかけたようだったが、日怠井警部が本気で睨むと、鉄格子のカードキーをこちらに手渡して、檻の暗証番号を小声で告げてから、そそくさと、逃げるように去って行った……、そんな様子を見て、

「いけませんよ、若者をいじめちゃあ」

と、今日子さん。抜け抜けと。

「……ずいぶんと、人心掌握《じんしんしょうあく》に長《た》けてらっしゃるようですな」

皮肉を込めてそう言いながら、鉄格子に近付いていく。

「そうでもありません。本命の日怠井警部には、どうやら嫌われちゃったみたいですから」

澄ました顔でそんな風に肩を竦《すく》める。

「嫌われることを恐れるような性格には見えませんが……？」

「うふふ。それはお互いさまなんじゃありませんか？　あなたみたいな人が、一番難物ですよ」

「…………」

『難物』か。

それこそお互いさまだった。

鉄格子の中にいるから、白髪の探偵のふてぶてしさが、より一層、増しているように

見える……、だが、そんな態度も、あるいは策略のうちなのかもしれない。

「一番好みとも言えますがね」

そこは永久に意見の一致を見そうにない。

誑《たぶら》かされてなるものか。

「冗談はそれくらいにしてもらいましょう」

「あながち冗談でもないんですけれどねえ」

あくまでとぼけるような今日子さんに取り合わず、日怠井警部は鉄格子ぎりぎりのところまで近付いて、足を止めた。

自分の職場の地下にこんな物々しい檻があるなんて、そりゃあわかってはいたことだが、こうして改めて間近で見ると、なんともぞっとする——これを『監獄』みたいに表現した隠館青年の気持ちも、わからないではない。

もっとも、彼は当時、独房にまでは入れられていないはずだが——最速の探偵の力添えで。

「くつろいでらっしゃるようで、何よりです」

言いながら、鉄格子ごしに、今日子さんの服装に目をやる日怠井警部——勾留者にあるまじきファッションではあるものの、ベルトやバンドはないし、アクセサリーの類も装着していない……、一応、その程度のルールは遵守《じゅんしゅ》されているわけだ。

逆に言うと、法の網《あみ》を巧《たく》みにくぐり抜けているとも言える――人心を掌握しつつも、『若者』達に、過度な迷惑をかけるつもりはないというような、忘却探偵なりの気遣いか。

「ええ。おかげさまで快適です。いつまでもここで過ごしたいくらいですね。二十三日くらい」

「………」

鎌《かま》をかけるようなことを抜け抜けと言ってくる……、先ほど、怒りに任せてそんな検討もしただけに、うまく言い返せない。

それにしても、本当にくつろいでいる。

服装や読書の件もそうだが、それ以前に、この独房がまるで、ただの個室か、もっと言えば自室のように伸び伸びとしている。昼間も第四取り調べ室で、まるで自分の部屋であるかのように振る舞っていたが……、いったい、どういう神経をしているのだ。

現代人なら、留置されるにあたって、スマートフォンを取り上げられるだけでも、かなり落ち着かない気分になるものだが……。

(ああ。でも、忘却探偵ゆえに、スマートフォンはおろか、ガラケーだって持っちゃいないのか……)

知識として知ってはいても、そんな記録媒体《ばいたい》を常備はしない。ゆえに、『脳の一部』

を没収《ぼっしゅう》されたかのような不安感は味わわないわけだ。もっとも、記憶が一日ごとにリセットされるという忘却探偵にとっては、脳の没収など、日常茶飯事みたいなものなのかもしれない。

「二十三日どころか、何年も檻の中で過ごされた経験でもあるんじゃないですか？　忘れているだけで。でないと、そんなに伸び伸びできないものですよ」

「かもしれませんねえ。ありうる話です」

「……いずれにしても、そんなに長居されては困りますね。ここはホテルじゃないんです。どうせなら、刑務所のほうがお勧めですよ」

「ありがたいですねえ。ただ、我が家には、私の帰りを待つ幼い娘がいますもので」

あくまで冗談に徹するつもりらしい。そっちがその気なら、こっちにも考えがあるというものだ。

「よければ日怠井警部、夕食を一緒にいかがですか？　先ほどの若者が、デパ地下で名店のお弁当を買ってきてくださる約束なのです」

どんな約束をしているのだ。追い払ったつもりでいたが、まさかあの監視員、そんな特務を抱えていたとは。

その誘いを無視して、日怠井警部はその場にしゃがみ込んで、

「あなたのことをよく知る人物に会って、お話を聞いてきました」

と言った。

そう。夕食はその人物と既に摂《と》っている。

「……へえ？」

笑みは消えなかったが、目の色は変わった。

やはり、忘却探偵にとって、『自分を知る者』は注意の対象となるらしい――それゆえに日怠井警部に一目置くようなことを言っていたのだろうし、この程度のほのめかしにも、本能的に反応してしまう。

たぶん、自身の『正体不明』を、最大限に活用するすべを心得ているのだろう――一日で記憶がリセットされるメリットを、容赦《ようしゃ》なくばんばん使ってくる。だからこそ、その立場を脅《おびや》かすキャラクターの登場には敏感だ――やはり、目の前で閉じ込められている人物を、『事件当時の記憶を失い、わけのわからないままに勾留されている哀《あわ》れな婦女子』として捉えてはならない。

「興味深いですね。日怠井警部よりも、私に詳しい人がいましたか」

「ええ」

頷くものの、実際のところ、日怠井警部が初っぱなから切ったこのカードは、ほとんど空鉄砲みたいなものだ。

隠館青年は、確かに忘却探偵の『専門家』なのだろうし、日怠井警部よりも、彼女に対する見識が深かったことは事実だが、それでも『詳しい』とまでは言えない。

あの男、肝心なことは何も知らなかった。

誤認逮捕の冤罪製造機に冤罪被害者が胸のうちをすべて開くはずもないので、知らない振りをした情報も相当数あるだろうが、少なくとも刑事の目から見る限り、彼が忘却探偵の正体——のようなもの——を、隅々まで知っているとは思えなかった。

手札が白紙であることを常套手段とする忘却探偵に対して、はったりにはったりを返したようなものだったが、しかし、このカードが有効だったことは間違いない。

事実、くつろいだ雰囲気がやや崩れた——と言うか、しゃんとした。

ようやくのこと。

「私の疑いを晴らしてくださる証言者だったらよいのですが。『今日子さんが犯罪なんてするはずがない』って言ってくれていませんでした？」

「言ってくれていませんでした」

「あらら、そうですか。残念」

今日子さんはそこで黙り、日怠井警部が続ける言葉を待ったようだけれど、そんな手には引っかからない——隠館青年が何をどう言っていたのか、カードはこちらのタイミングで切る。

（こちらが思っている以上に、今日子さんは何が起こったのかを知りたがっていて、だからこそあえて逮捕されたのだという隠館青年の当て推量は、少なくとも大きくは外していないのかもな——だとしても、イニシアチブを握られるわけにはいかない）

疑わしきは被告人の利益に——とは言え、犯人かもしれない人物に、捜査や推理の主導権を渡すなんて、とんでもない話だ。

白紙の経歴を持つ彼女に、白紙委任状なんて渡せるわけがない。依頼はおろか、捜査協力さえ受けるべきではない——隠していることがあるなら、必要な情報だけ、こちらに引き渡してくれたらいいのだ。

取り調べの原点である。

「はっきり言っておきますが、今日子さん。あなたの手を借りるつもりはありません」

「おや」

「この事件は私が解決します。それまで、どうぞ好きなだけおくつろぎください。まあ、二十三日もかかりはしないでしょうがね」

もしも隠館青年の指摘通り、今日子さんに何らかの隠し球があるのだとすれば、このタイミングでこう言えば、慌ててそれを出してくるのではないかと読んだ——どうせ、警部なんて名探偵の引き立て役だと考えているのだろう。刑事が『私が解決します』と言うなんて、大滑りの振りにしかならないと決めつけているのだろう——だから、自分を本気で無実だと思っているのなら、情報を出し惜しんで独占している場合ではない。

もしも備忘録に、プロフィール以外のことも書いていたなら、出すなら今のうち——

「４７２１９３」

「——え？」

「４７２１９３」

「……？　今日子さん、その羅列《られつ》が、あなたの隠し球……ですか？」

だとすれば、いきなり隠し球を胴体めがけて投げつけられたみたいな気分だ……、観念するにしても、唐突過ぎる。４７２１９３？　なんの数字だ？　どこかで聞いたことがあるような……、引き継いだ事件の資料ファイルに、そんなような数字があっただろうか……。

と、そこで日怠井警部は、ばっと、反射的に立ち上がる。

（き、聞いたことがあるようなも何も——！）

「今日子さん！　どうしてそれを——それは、この鉄格子の暗証番号じゃないですか！」

「当たってましたか？」

ビンゴォ、と今日子さんは手を叩いた。

他愛のないトランプのカード当てでも成功したかのようなはしゃぎようだが、それどころではない——彼女は今、自分の四囲にある鉄格子を開けるすべを持っていると告白したも同然なのだから。

　本を差し入れ、夕飯に弁当を買い出しに行くつもりらしい若者か？　だったらもう、そんな奴は若者ではなく若造だ——あるいは、ボディチェック係の女性警察官がうっかり喋ったのか？

　だとしたら、それは、勾留者に対する配慮どころの話じゃない——冤罪製造機に匹敵する、まごうことなき警察官の不正だ。

「教えてもらったわけじゃありませんよ。勘です」

「勘って——」

　刑事の勘というのは聞くが、探偵の勘というのは、意外と聞かない。しかし、そう言われれば、勘が刑事の専売特許だとも反論できない。

　だが、六桁《けた》の暗証番号だぞ？

　言うまでもなく、当てずっぽで当てられる数字じゃない——数学は得意科目ではないが、それくらいの確率計算はできる。

　10かける10かける10かける10かける10かける10——つまり、10の六乗で、100万分の1だ。

　当てられるわけがない。

「いえいえ。1000万分の1ではありません。1000通り足す1000通りで、20

００通りですとも」

「………？」

２０００通り？　どういう計算だ？　１０００通り足す１０００通り？

意味不明だったが、しかし、鉄格子の扉部分に備えつけられた、暗証番号入力用のプレートを見て、理解する。

そうか。

六桁の暗証番号だからと言って、その数字をわざわざ、ひとつひとつ分解して、個別に覚えるような奴はいない……、当たり前のことだが、ちゃんと順番に並べて記憶する。だから今日子さんは、若者との雑談の際か、ボディチェックの際か、あるいはその両方か……、『六桁の暗証番号』を、『三桁の暗証番号をふたつ』として、捉えたわけだ。

前半の三桁『４７２』を当てて、そして後半の三桁『１９３』を当てた——これなら確かに、１０００通り足す１０００通りで、２０００通りだ。

なんなら、若者との会話から前半三桁を当て、後半三桁を女性警察官とのお喋りの中から当てればいい——のか？

いや、でも、そりゃあ１００万分の１と比べたら５００分の１にはなるけれど、それでも２０００通りは２０００通りだ。

　１００万というインパクトを抜きに最初にその数字を聞いていたら、やっぱりおよそ言い当てられない数字である。

（それもまた、同じように分割していけばいいって理屈か――前から順番に一桁ずつ当てていく――かけ算じゃなくて足し算で、10通り足す10通り足す10通り足す10通り足す10通り足す10通りの、60通り――）

　これならまあ、無茶な数字ではあるけれど、それなりの現実味は出てくる……、やってできない曲芸ではない。

　情報源が、最低ふたつはあったのだから――いや、鉄格子を挟んでの日怠井警部とのここまでの対話を含めれば、最低で三つ。

「伸び伸びと自由にしているように見えるかもしれませんが、これでもねえ、一応、考えているんですよ？」

　と、今日子さん。

　いっとき目の色を変えていたはずの彼女は、今やすっかり、元の調子に戻っている。

　考えている――数字当てを、ではないだろう。

　忘却探偵は、日怠井警部の体面を考えていると、そう言っているのだ。『若者』達を気遣ったように、日怠井警部の体面を。

　こんな鉄格子からなんていつでも好きなように、自分のタイミングで『脱獄』できますけれど、あなたがたに迷惑をかけないように、おとなしくしてあげてるんですよ――と。

脅しのようでもあったが、だが、日怠井警部は胸中を、それこそ言い当てられたかのような気分だった。

忘却探偵に対する、ねじくれたコンプレックスをばっさり見抜かれたみたいで、言葉を失ってしまった。

恥ずかしかった。

かませ犬なんてごめんだ、引き立て役になるまいという、日怠井警部の頑張りを、ここまでのやりとりの中、ずっと見守っていられたのかと思うと、慚愧《ざんき》に堪《た》えない。ここに来たときは、あれだけ怒りに燃えていたはずの全身が、今や羞恥《しゅうち》で熱くなる――まさか名探偵が、刑事の顔を立ててくれようとは。

（……これじゃあまるで、独り相撲《ずもう》だ。いや……名探偵の横綱《よこづな》相撲か）

一方で、今日子さんの数字当てが、曲芸の域を出ない推理であることも、また確かだった。彼女を取り囲む鉄格子は、暗証番号を入力するだけでは開かない――立ち去る際に、監視員の若者が日怠井警部に預けていったカードキーとのダブルロックだ。

当然のセキュリティである。

……ただ、その事実も、あくまで曲芸の域を出ない推理が、『脅し』の域も出ない推理であるという、探偵からの配慮とも言えた。

「…………」

改めて腹が立ってきた。

いや、恥ずかしさのままかもしれないにしても。

こうなれば、もう一も二もない――探偵と刑事のドラマチックな駆け引きはここまでだ。今すぐこの白髪の被疑者を取り調べ室に引っ立てて（第四取り調べ室でもどこでもいい）、覚えている限りのことをあの手この手で聞き出してみせる――持てるテクニックのすべてを惜しみなく投入する。そう決意し、日怠井警部はカードキーを差し込み口に挿入する。

そして暗証番号を入力する。４７２１９３。

「――あれ？」

勢い込んだ分だけ、空振り感と言ったらなかった――日怠井警部の解錠動作に、しかし電子ロックは、まったくの無反応だった。対決姿勢を見せただけに、格好悪さだけが際立つ――急いたあまり、暗証番号を間違えたか？

「お察しの通り、いくら名探偵でも、こんな鉄格子から抜け出すことなんてできませんよ――でも、籠城《ろうじょう》くらいはできましてね。バスケットボールは得意なんです。ああ、それは籠球《ろうきゅう》でしたっけ？　でも、老朽《ろうきゅう》化とは縁遠そうな監獄は、籠城向きですよねえ」

そう言って、今日子さんはゆったりとした動作で、床を這《は》うように移動し、独房の隅っこにしつらえられた寝台へと向かう。

「夕食は結構です、どうぞご自身でいただいてくださいなと、あの若者にお伝え願います――仕事にあぶれた職業探偵は、ハンガーストライキを決め込みますので」

「え……」

「グッド・ナイト。日怠井警部」

そう言って今日子さんは寝台に横たわり、掛け布団をかぶってしまう……、カバーの色が白いので、そうすると、保護色で忍者《にんじゃ》のごとく、姿を消してしまったようでもある。

ハンガーストライキ？　いやいや。

どうやら錠の部分に何かの細工をして、独房を完全にロックしてしまったらしいけれど――確かに、開けることは難しくとも、扉を開かなくする手段だったら、いくらでもあるだろう。

要するに、ぶっ壊せばいいのだ。

精密で頑強なロックであればあるほど、簡単に壊せるに違いない――だけどそんなの、あまりにも無駄な抵抗過ぎる。

灰色の脳細胞がやることとは思えない。

錠が機能しなくなったと言うのならば——力尽くで壊されたと言うのなら、力尽くでこじ開ければいいだけの話だし、たとえ彼女が強盗殺人の逮捕状については無罪であっても、これで確実に、器物損壊罪には問われることになる——体面を保つどころか、こちらに長期勾留の口実を与えてしまってどうするのだ？

と。

名探偵が馬脚を現したか、余裕ぶっていても、やはり留置場での生活が思考に悪影響を及ぼしていたのかと心配すらしたところで、日怠井警部は『あっ』と、気付いた。

グッド・ナイト？

い、い、い、眠る気か？

冗談じゃない、レディのダイエットじみたハンガーストライキよりも、そっちのほうがよっぽど緊急事態だった。

もしも今日子さんが、隠館青年の読み通り、強盗殺人事件について何らかの隠し球を持っているのだとしたら——その備忘録は、既に肌から消去されているのだとしたら
——

わかっていたことだ、彼女が眠りに落ちた瞬間、そのか細い『記憶』は、永遠に失われることになる！

「今日子さん！　困ります、眠らないでください！　起きて！　起きてください！」

雪山で遭難している最中であるかのように、日怠井警部は鉄格子にしがみつき、あらん限りの大声でそう叫ぶ。

「まさか忘却探偵が記憶を人質に取るなんて」

これじゃあ立場があべこべだ。

咄嗟に日怠井警部は、慌てて鉄格子を解錠しようとしたが、それはさっきやろうとして、既に挫《くじ》けたチャレンジである……、今から人を呼んで、道具を揃えてこじ開ける頃には、今日子さんは眠ってしまっているだろう。

一秒でも眠れば、それでリセットだ。今日の出来事が、すべて白紙に戻る。日怠井警部とのやり取りだけでなく、現行犯で逮捕されたときの顚末《てんまつ》さえ、綺麗《きれい》さっぱり消えてなくなるのだ。

（しまった――『専門家』に話を聞いたことをほのめかしたのが、結局のところ、裏目に出た）

だけど、隠しごとを見抜かれたら、即座に、その見抜かれた事実を武器に取引に持ち込もうとは――日怠井警部が、『じゃあ知るか、真相なんてどうでもいい』と、ちゃぶ台返しをしたらどうするつもりだ？

普通に有罪になって終わりだぞ？

それができない性分だと――引き立て役なんて御免だというコンプレックスと同時

に、やさぐれた日怠井警部の刑事魂も見抜いてきたと言うのだろうか。

だとしたら、もう人心掌握どころじゃない。

誑すのではなく、もてあそんでいる。

「明日また起きたら、一から罪状を教えてくださいねー……むにゃむにゃ」

「…………！」

軽んじられているんだか、評価されているんだか、体裁を保ってくれているんだか、顔に泥を塗られているんだか、侮辱されているんだか、さっぱりわけのわからないままに——日怠井警部は降参した。

白状したと言うべきかもしれない。

音《ね》を上げた——否。

「わかりました！　依頼します！　依頼しますとも、忘却探偵に！　あなたが逮捕された強盗殺人事件の真相究明を、真実の推理を、どうかなにとぞお願いします、今日子さん！」

「その言葉に、二言はないですね？」

あなたの証言はすべて証拠として採用されますと言うように、今日子さんはにんまりと微笑して起き上がった……、武装ではない、勝者の笑みだった。

そして早速、外していた眼鏡をかけ直す。

「受領いたしました。及ばずながら、できる限りのことはさせていただきます――できる限りの最速で。ではではまずは、事件の経緯を洗いざらい教えてくださいな。そして、こちらは後回しでも構いませんので、日怠井警部が本日お会いしてきたという、私の専門家とやらに会わせていただけませんか？」

「え……、隠館さんにですか？」

てきぱきとまくしたてられ、戸惑ってしまった日怠井警部は、思わず専門家の名前を漏らしてしまった――それを受けて、

「ほほう。そのかた、隠館さんと仰《おつしや》るんですか」

初めて聞くお名前ですねえ――と、しかし今日子さんは不思議と、どこか懐かしそうにそう呟いた。

3

というわけで、僕はその日の深夜に、今日子さんと、できれば二度と立ち寄りたくなかった千曲川警察署の中で、アクリルガラス越しの面会を果たすことになる。勾留者への面会時間などとっくのとうに終わっていたけれど、ほら、今日子さんには今日しかないし。

第四話

隠館厄介のジャーナリズム

1

ファミリーレストランで（誤認逮捕されることなく）別れてのち、再び日怠井警部から呼び出されるまでのタイムラグの間、僕が呼吸しかしていなかったかと言えば、そんなことはない。僕だって考えたり、思ったり、動いたりする——とりわけ、大恩人である今日子さんが、哀れ囚われの身となっているとなれば、暢気《のんき》にふうと一息ついてもいられない。

僕にできることは何か？

ぱっと思いつくのは、事件解決のために、探偵を呼ぶことだろう——周知の通り、僕の携帯電話のアドレス帳には、現在現役で活動しているほとんどすべての探偵の連絡先が登録されている。

挙動不審な僕の身に、たとえどのような種類の型にはまらない冤罪が降りかかってきたとしても、ケースバイケースで、もっとも相応《ふさわ》しい探偵に、即座に連絡が取れるシステムを組み上げている。忘却探偵の今日子さんもその中のひとりだが、他にもあらゆる専門分野、あらゆる職能域を持つ探偵を、僕は網羅《もうら》している——仮に携帯電話が手元になかったとしても、暗記している探偵事務所の電話番号は、ざっと百は超える。

万端《ばんたん》だ。

なので、被告人に強力な弁護士をつけるように、今日子さんに強力な探偵をつけるというのが、僕にできるマックスのベストだと、そう、最初はそう思ったのだが、しかしすぐに、これはとんでもない勘違いだと気付いたので、慌てて自ら廃案《はいあん》とした。

探偵が事件に巻き込まれたから他の探偵を呼ぶなんてことは、あってはならない——その瞬間、今日子さんは名探偵としての資格を喪失してしまうだろう。

プライドの問題でもある。

そしてそれ以上に、ブランドの問題でもある。

置手紙探偵事務所の看板に、取り返しのつかない傷がつく。

無罪だったとしても有罪だったとしても、探偵が探偵に助けられたなんて展開になれば、今後今日子さんは、探偵として活動することはできなくなる（有罪なのに探偵として活躍できる今後が想定できるケースがあるのかと言えば、これはある）。

そういう意味では、今日子さんには自力で留置場から脱出してもらわなくてはならない……、極端な話、弁護士の力を借りることすら、探偵としては受け入れがたいと思っているかもしれない。

第一、他の探偵を呼ぼうにも、僕は今日子さんが現在巻き込まれている――あるいは巻き起こしている――事件の概要を、ほとんど知らないのである。

日怠井警部から受け取ったなけなしの（値一ドルの）情報は、それが金銭絡みの強盗殺人らしいということだけだ。念のために、一応、ここ数日の新聞やニュースを見直してみたけれど、やはり千曲川署の管轄内に、それらしき事件が起きたという報道は見受けられなかった。

報道規制。

いつまでも抑えていられるものでもないだろうが、それゆえに、僕が今日子さんの力になれないというのも、なんとも皮肉だった――と、常識的に考えれば、事態はこれで手詰《てづ》まりである。

もう僕にできることはない。

否、常識を語るならば、この時点で既にやり過ぎた――僕はあくまで、置手紙探偵事務所のお得意様であり、つまりはあくまで一介のクライアントであり、いくら恩人である、大恩人であると語ったところで、今日子さんの友人でもなければ、家族でも親戚でも、恋人でもない。

なのにどうにか力になろうと躍起になって四苦八苦する姿は、どうかしているとしかいいようがなかった——まして今日子さんは、依頼人としての僕のことさえ、まったく記憶していない。

会うたびに『初めまして』だ。

僕が何をしても、それは何もしなかったのと同じようなものだ……、ここはおとなしく引き下がって、あとは日怠井警部に任せるとしよう。

そんな賢明な決断がここでできるようなら、僕の冤罪体質にもついに回復の兆《きざ》しが見えてきたと診断することもできるだろうけれど、どっこい、僕はとことん愚昧《ぐまい》だった。快方になど向かっていない。

どうかしていた。どうかしているのだ。

現在求職中で、することが他になかったことも、この場合はよくなかっただろう……、僕の挙動不審を止める要素は、僕の生活にはなかった。

小人閑居《しょうじんかんきょ》して不善をなす。いわんや巨漢をや。

話は戻るが、僕の携帯電話のアドレス帳には、何も探偵の電話番号しか登録されていないわけではない。

各業界を転々と転職してきただけあって（つまり、それだけ多くの冤罪を被《こうむ》ってきただけあって）、それなりに知人もいる……、僕は、最速の探偵に私淑《ししゅく》しているとはとても思えないほど、長時間躊躇した末に、携帯電話を緩慢に操作して、ある電話番号を選択した。

呼び出し音、数回。

果たして、新進気鋭のジャーナリスト、囲井都市子《かこいとしこ》さんは、僕からの電話に出てくれた。

2

かつて自分を誤認逮捕した警部と再会するよりも気が進まない再会があるとすれば、それは間違いなく、かつてプロポーズを断った女性との再会だろう。

日怠井警部と夕食を共にしたのと同じファミリーレストランで待ち合わせたが、しかしテーブルを挟んで向かい合うだけで、ぽっきり心が折れそうだった。

率直に言って、この状況は辛い。

恩人である今日子さんのためなら、僕が多少辛い思いをするくらいがなんだ——と、自己陶酔《とうすい》に浸《ひた》ることも、この場合は難しい。なぜなら、応じてくれた囲井さんは、僕よりもずっと辛いはずなのだ——このシチュエーションは彼女にとって、屈辱的でさえあるだろう。

今日子さんの白髪とは対照的なほどの色味の黒髪をきっちり縛って、もう夜も更《ふ》けているというのに、ぴっちりとしたスーツ姿で現れた囲井さん。

ここにはひとりのジャーナリストとして来た以外の何でもありませんよと、言外に(そして声高に)主張しているようでもあった。久闊《きゅうかつ》を叙《じょ》するという雰囲気でもない。

無口な僕の前にコーヒーが、寡黙《かもく》な囲井さんの前にハーブティが並べられたところで、僕は単刀直入に切り出した。

「あのう、今日子さんのことなんですが……、えっと、電話でお話ししました通り……」

「はい。確かに逮捕されているようです」

囲井さんは、ぴりっとした雰囲気を堅持したままで、そう言った。

「ただし、報道規制が敷かれているというのは正確ではありません。正しくは、まだ警察発表がおこなわれていないだけです」

同じようなものにも思えるが、たぶん、ジャーナリスト精神の前では、そのふたつはぜんぜん違うものなのだろう。

ただ、そのぴりぴりした口調は、僕に向けてのぴりぴりというのももちろんあるにしても、忘却探偵が逮捕されたという事態に対する、囲井さんなりの反応でもあるようだ。囲井さんは、仕事抜きで忘却探偵の講演会に出席するくらい、今日子さんのファンなのだ——過去に囚われない今日子さんの生き様に、彼女は心から憧《あこが》れている。

敬愛していると言ってもいい。

だから、そんな過去に囚われない今日子さんが現在、留置場に囚われているという出来事の前では、とても冷静ではいられまい——一ファンとしては。

しかし、一ジャーナリストとしては、情報提供者（僕）を、取材しないわけにはいかない……、僕には僕の葛藤があるように、囲井さんには囲井さんの葛藤がある。

何を選ぶかだ。すべては選べない。

そして何かは選ばなくてはならない。

憧憬《しょうけい》しようと尊敬しようと、『何も選ばない』なんて選択は、忘却探偵ならぬ僕達には、できっこないのである。

……まあ、今日子さんフリークであるからこそ、囲井さんはこうしてわだかまりを抜きにして、顔も見たくないであろう僕に会うために、何を措いても駆けつけてくれたのだろうし、それよりも何よりも、大袈裟《おおげさ》で芝居《しばい》がかっていることは重々承知した上で、単純に彼女が生きていてくれて嬉しいという気持ちも僕にはあるのだが、それはやっぱり、言っちゃあいけないことなのだろう。

思ってもいけないことだ。

これに関して、僕には内心の自由もない。

「なにぶん、今日子さんですからね。置手紙探偵事務所が、守秘義務絶対厳守の、超がつく秘密主義を地で行っていることは、この件でも例外ではありません。まこと、置手紙探偵事務所は一種の秘密結社ですね。夢を語らせていただきますと、いつか忘却探偵のことをまとめた本を出版したいと目論《もくろ》んでいまして、以前からあれこれ、今日子さんの周辺を探ってみたりしているのですが……、彼女ほど完璧に、経歴を抹消している人物はいません」

直接取材を申し込んだこともあるんですよ、にべもなく断られましたけれど——と、囲井さんは言った。

見上げたものだ。

ただ、今日子さんの活躍をこっそりと文章にまとめているのは僕も同じなので、今回彼女に求めたヘルプは、僕にとっては利敵行為に当たりかねない——まあ、そんな先のことを考えても仕方ないか。

今のところはお互い実現性の薄い話だ、今日子さんの秘密主義からして。

「なので、忘却探偵そのものに直接アプローチするのではなく、角度を変えて、事件のほうから取材してみました。わたしのような弱小にして若輩《じゃくはい》のジャーナリストが直撃しても警察は相手にしてくれませんので、まずは隠館さんがそうされたように、既存の報道内容をくまなく読み解くところから始めました」

ふむ。

素人の僕とは読み解く深さが違うだろうから、そこにヒントらしきものがあるかもしれないと囲井さんが考えるのは当然のことだ——ただ、それは外れだったらしい。

警察が発表しない事件は、やはりなかなか表には出てこないということか——現代社会において、秘密主義なのは何も、今日子さんだけではない。

「じゃあ、今日子さんがどんな事件の犯人として疑われているかは、とどのつまり現状では不明ということでしょうか」

「いえ、そう結論を急がないでください。丁寧《ていねい》に順を追って説明しているだけです——なにせ容疑が強盗殺人ということでしたのでね。少なくとも、明白な被害者は実在するわけです……、どういった状況で、どういった手段で殺されたのかは定かではありませんが、人が死んだとなれば、所定の手続きが必要です。秘密裏に処理しようとすれば、言うまでもなく犯罪になりますので」

そりゃそうだ。

つまり、囲井さんは、警察や報道にアプローチしたのち、続いて病院や葬儀《そうぎ》会社に当たったということらしい——そちらもプライバシーの塊《かたまり》みたいな情報源なので、なまなかには行かなかっただろうが、そこまで徹底するのが、更なる不屈《ふくつ》のジャーナリスト精神というものらしい。

既存の報道内容を一読しただけで撤退してしまった僕は、まだまだ甘かった。

「現時点で、よそに協力を要請するわけにはいきませんでしたので、必然、独占取材ならぬ独自取材になりましたが――そんな感じで進めていくうちに、ようやくこれではないかという事件に突き当たりました」

囲井さんはそこで周囲をうかがい、

「他言無用でお願いしますよ、隠館さん」

と言った。

さすがに耳打ちはされなかったが、なんだかデジャブだ。

「あちこちに探りを入れてみた結果、あるメガバンクの関係者が、昨日お亡くなりになられたという情報が得られました。年齢からして、自然死ではなさそうです」

自然死ではない。つまり変死か。

病院から警察に連絡する義務が生じる類の――いや待てよ、日怠井警部は現行犯逮捕だと漏らしていた。

その辺りの事情は、軽々に判断はできない。あくまで得られた情報だけを、推測抜きで分析するべきだ。

「メガバンクの関係者――銀行員ということですか？」

金銭絡みの強盗殺人。

ただでさえ身構えてしまう凶悪犯罪なのに、ますます金の色が増していく感じだった――気が重くなる一方だ。

「銀行員、ではありませんね。関係者というのは、職員という意味ではなく、どうやら大手銀行の、創業者一族のひとりという意味のようです――」

囲井さんが得たという情報も、決して百パーセント確実なものではないので、細部があやふやとは言わないまでも、慎重に言葉を選ぶようにしている。

それもそれでジャーナリズムか。

「僕も、メガバンクでこそありませんけれど、信用金庫で働いたことがありましたが――それと同じというわけではなさそうですね」

あれは囲井さんと、最初に会う直前くらいだったか。自分の職歴を思い出すのは、僕にとってはそのときどきのトラウマを思い起こす作業と同義だ。

「ええ。そのかたは、店舗で働いていたわけではありませんね。端的に言うと、無職です。そういう意味では、今の隠館さんと同じです」

きついな。

同じ無職でも、木造アパート住まいの無職と、メガバンク創業者一族の無職とでは、意味がぜんぜん違うだろうに。

「華々しい一族に必ずひとりはいる、遊び人みたいなイメージで捉えたらいいんでしょうか」

「遊び人と言うより、そのかたは趣味人ですね。……名前は現時点では伏《ふ》せておきたいのですが、ずっと『そのかた』では通りが悪いので、仮名を設定しましょうか」

「あ、はい。その辺りの裁量はお任せします」

「では、亀井《かめい》さんとします」

「……………」

冗談なのか本気なのか区別がつかないのではなく、この人は真面目過ぎて面白くなってしまう人なのかもしれない。

「亀井加平《かへい》さんです」

加平さん？　それは何由来だろう。

どうやら『そのかた』は男性のようだが……。

「あ、そうか。銀行の関係者だから、『カヘイ』なんですか？」

つまり貨幣。そのままだ。

だが、意外なことに、囲井さんは「違います。そうではありません」と否定した。

「え？　違うんですか？」

「いえ、『加平』の由来が、マネーを意味する『貨幣』であることはその通りなのですが、私が彼をそう名付けたのは、亀井加平さんが、コインコレクターだからです」

「コインコレクター？　ですか？」

「ええ。彼は硬貨蒐集《しゅうしゅう》家《か》なんです。古今東西、世界中のありとあらゆるコインを集めている趣味人なんです――道楽と言えば道楽なんですが、しかしその業界では、名を知られたかただったようですよ。もちろん、家名あっての蒐集ですが」

仮名の亀井さんが、家名を使ってコインをコレクションしていたというわけか……、こんがらがるというほどではないけれど、しかし、普通に名前を伏せるよりも、ややこしくなっている。

やれやれ。

メディアが実名報道にこだわるわけだ。

「端的に言うと、亀井加平さんは、お金でお金を買い集めていたわけですね」

端的に言うとと言うより、やや辛辣《しんらつ》だ。

その通りではあるのだろうが、たぶん、真面目な囲井さんにはそういう『遊び』や『趣味』や『道楽』が、実感として理解しがたいのだろう。それでも、中立公正、両論《りょうろん》併記《へいき》を重んじるジャーナリストとしては、やや偏向《へんこう》してしまったと思ったのか、

「コレクションと言っても、馬鹿にはできませんし、馬鹿にはなりませんけれどね。世の中には何百万円、何千万円、場合によっては億という値のつくコインもあるそうです

から」

　と付け足した。

「ぎ、ギザ十みたいな話ですかね？　昭和六十四年の硬貨には、かなりの高値がつくみたいな……」

　僕も知識があるわけではないので、話を合わせるにしてもこんな程度だったが、囲井さんは、「ええ、そんなようなものです」と頷いてくれた……、真面目でお堅いにしても、決して悪い人ではないのだ。

「話を進めますね。そんな亀井加平さんの自宅には、蒐集したコインをずらりと並べた、博物館もかくやというような展示室があるそうです……、どうやら、事件はその部屋で起きたとのことで」

「事件」

　なんだか、『お金絡み』の絡みかたが、常軌を逸していた感がある……、メガバンクだったり、コインコレクターだったり、事件の事件性がただならない。

　日怠井警部に対して前言撤回することになりかねないが、これこそ守銭奴《しゅせんど》今日子に相応しい事件とも言える。

「亀井加平さんと今日子さんとの関係性までは探りきれませんでした。しかし、一日で記憶がリセットされる、つまりはどなたとも関係性を維持できない忘却探偵の特性上、友人関係や恋人関係だったということはないと思われます」

もちろんそうだろうとも。

恋人関係という言葉に、一瞬心がざわついたが、それは絶対にありえない……、亀井加平さんが銀行員だったなら、置手紙探偵事務所のメインバンカーということもあるかもしれないが、働いていたわけではないと言うのなら、それもない。

「そもそも亀井加平さんは、今日子さんと友人関係や恋人関係になるような年齢なんですか？」

自然死というような年齢ではないということだったが……、囲井さんとしては意図的に伏せた部分だろうから、あまり突っ込むと、『恋人関係』に変なこだわりを持っていると誤解されかねないけれど、訊かずにはいられなかった。

「今日子さんや、わたし達より一回り半ほど年上ですかね」

やはり囲井さんは、ぼかした言いかたをした。

まあ、それくらいなら、どういう関係でもおかしくないくらいの年齢差か……。

「ちなみに、趣味人なので独身です」

別に趣味人だから独身なわけではないだろう……。

「ただし、立派な展示室があるようなものしいお宅にお住まいでしたからね。お手伝いさんやばあやと同居していたそうです」

お手伝いさんはともかく、ばあやって。

本格的なお金持ちだ。

こうなると、お金持ちでコインコレクターというダブルミーニングが、ただの諧謔《かいぎゃく》では済まなくなってくる。

「とは言え、お金が好きという忘却探偵の性格は、イコールでお金持ちが好きという性格ではないでしょうから、そんな理由で今日子さんが亀井加平さんに近付いたとは思いにくいですね。普通に考えれば、今日子さんが世間と繋がるパターンは、探偵とクライアントとして——でしょう」

探偵とクライアントとして。

あるいは、探偵と犯人として、か？

勢い余って、あるいは行き過ぎて、犯人を殺してしまう探偵——ただ、どちらの場合にしたって、強盗殺人とは違う、他の事件が必要になってくる。

なんにせよ今日子さんが探偵活動の一環として亀井加平さんの自宅を訪れたのだとすれば、しかし、いよいよ事態は混迷を極めてくる……、病院のそれよりも、警察のそれよりも強固な、忘却探偵の守秘義務が立ちふさがる。

強盗殺人の奥に、更なる事件が隠されているのだとすれば……。

「わたしが知る限りの忘却探偵が、押し入り強盗をするとは、とても思えませんしね……、居直り強盗ならまだしも」

「……そのう、実際のところ、囲井さんは、今日子さんが強盗殺人なんて罪を犯すと思いますか？」

やや先走った質問だったが、とうとうこらえきれず、僕は囲井さんに、そう訊いた。

土台、押し入り強盗にしても、居直り強盗にしても、許されざる凶悪犯罪であることに変わりはない。

この犯罪は今日子さんらしくないというあやふやな論旨《ろんし》が一定程度、日怠井警部には通じたようだが、これが世間に広く通じるかどうかは怪しい――ジャーナリズムの観点から、その点を客観的に評価して欲しい。

「……今日子さんのファンとしては、信じたくないというのが本音です。しかし、わたしのささやかなジャーナリストとしての経験から言えば、どんな場合でも人を殺さない聖人君子など、いないでしょう。むしろ聖人君子だからこそ人を殺すということはあります」

「…………」

「今日子さんが犯人でないなら、真犯人を突き止めるのが――今日子さんは犯人だとするなら、犯行動機を突き止めるのが、わたしの仕事だと思っています」

どちらにしても真実から目を逸らすつもりはないというわけか――相変わらず、壮絶な覚悟で仕事をなさっている。

いや、覚悟は以前より一層、増しているようだ。

動機か……。

報道魂とは無縁な僕とて考えたくもない可能性だけれど、もしも今日子さんが犯人だとすれば、強盗殺人という罪名を差し置いても、やっぱりお金が動機と考えるのが順当なようにも思える……、少なくとも、聖人君子的な理由は、想定しにくい。

「単純に、強盗殺人なんて暴力的な犯罪が、女性の今日子さんには似つかわしくないという見方もできそうですが……？」

そんな囲井さんの覚悟に対して、僕の今日子さんへの見方は本当に感覚的だったが、この点は一般的な感想ではないだろうか。もちろん、女性だって刃物や鈍器《どんき》を使う上で、そこまでの腕力が必要とされるわけではないにしても。

「……そうだ。そう言われて思い出しました、隠館さん。現時点で判明している事実が、あとひとつありました——犯行に使用された凶器のことなのですが」

「凶器」

「刃物だそうです——が」

刃物。そこまでは日怠井警部は教えてくれなかった。

うーん、どうだろう。

　今日子さんが刃物を持っている姿なんて、うまく想像できないけれど……、しかし、『が』とは？

「はい。『が』、その刃物もまた、展示室に集められていた、亀井加平さんのコレクションのひとつである、古銭のヴァリエーションだそうです……、いわゆる刀剣型の貨幣ですね。つまり、換言すれば、動機がお金かどうかはともかく、間違いなく凶器はお金ということになりますね」

「………」

　そんな凶器は今日子さんらしくない。

　とは、さすがに言えないな。

3

　この後、日怠井警部からの着信があり、隠館青年は単身、千曲川署へと向かうことになる。

第五話　掟上今日子の電気椅子

1

被害者――十木本未末（じゅきもと・みすえ）
　高等遊民・蒐集家
容疑者――掟上今日子（おきてがみ・きょうこ）
　置手紙探偵事務所所長・忘却探偵
第一発見者――管原寿美（くだはら・ことみ）
　使用人・同居人
通報を受け、容疑者を確保した警官――頼瀬《らいせ》（巡査）
駆けつけ、容疑者を逮捕した警官――中杉《なかすぎ》（警部補）
引き継ぎ、容疑者を取り調べた警官――日怠井（警部）

2

……そんな『登場人物一覧』めいた記述から始まる書きかけの報告書、自身が逮捕された事件の捜査ファイルを鉄格子の中でふむふむと読む今日子さんの姿勢は、しかし先ほど差し入れられた須永昼兵衛《ひるべえ》著の推理小説を読んでいたときと同じように、リラックスしたものだった。

（自分が主役の推理小説でも、読んでいるようなノリなのかね……、気楽なもんだ）

人がひとり殺されているというのに、その上、その犯人が自分かもしれないというのに、この探偵は怖かったり、もっと言えば、怖がったり、しないのだろうか？　事件や犯罪を飯の種にしているのは、極論、刑事だって同じなのだから、不謹慎とはあえて言うまいが、下手をすると自分自身を犯人として告発してしまいかねない探偵行為に臨むにあたって、そんなのほほんと緩んだ態度は、不適格であるように思われる。

（そんな取り組みかたもまた、忘却探偵ゆえか……、いや、感情に囚われないのは、最速を優先しているだけか？　あるいは、それほど明確にあるんだろうか……、自分は絶対に犯人じゃないという確信が）

それが、隠館青年が示唆し、そして今日子さんが『寝ちゃいますよ？』なんて、可愛らしく脅しに使った、彼女の頭の中にだけある、『捜査ファイル』に欠けているピースなのだろうか。

だとすれば日怠井警部としては、先ほどまで以上に是《ぜ》が非《ひ》でも、その秘密を聞き出さねばならない――備忘録を、いやさ禁書を、開示してもらわねばならない。

彼ももう後には引けないところまで来ている。

なにせ捜査情報を、勾留されている被疑者本人に読ませているのだ――推理小説や着替え、お弁当の差し入れどころではない（結局、監視員の若者がデパ地下で買ってきた六千円のお弁当を、『おなかが空いては推理ができませんからねえ』と今日子さんはうまうまと平らげた――その間に日怠井警部は、ファイルを取りに行き、今日子さんがなぜか面会を希望した、隠館青年に再び連絡を取った）。

完全なる不正行為だ。

まだしも、鉄格子の暗証番号を巧みに聞き出され、言い当てられてしまっただけなら、二重の意味で『相手が悪かった』と言い張れるけれど、捜査情報の『差し入れ』は、公務員として、はっきり汚職と言っていいレベルの、あるまじき悪行である。

（今朝までは、こんなことになるなんて、ちっとも思っていなかった……、落ちるところまで落ちるのも、あっと言う間の最速ってわけか）

落とされた、と言うべきか。

取り調べ室や留置場で『落とす』のは、刑事の専売特許のはずなのだが――

「死因は刺傷による心因性ショック……、はい、読み終わりました」

自分の判断に自信が持てずにいる日怠井警部をよそに、捜査ファイルを隅々まで閲覧したらしい今日子さんが、

「ありがとうございました」

なんて、お礼を言ってくる。

礼儀は正しいのだ。振る舞いは今や邪悪の域だが。

(慇懃無礼《いんぎんぶれい》なんてもんじゃない……、しかし、ゆったり読んでいた割には、読み終わるのは早かったな)

速読という奴か？　最速の探偵のやることだから、それも今更、驚きもしないが――ともかく、これで日怠井警部は、カードを完全に、あるいは敢然《かんぜん》と、オープンにした状態だ。胸の内まではオープンにしていないとは言え、ここからは相手の出方待ちだ。

「いかがでしたか？　自分が犯人かもしれない事件を、推理する気分は」

「なかなかできない体験でしたから、ときめきました。覚えている限り、初めてですね」

肩を竦め、皮肉を受け流す忘却探偵。

もっとも、日怠井警部も意地悪でそんなことを問いかけたわけではない――本当に

今、今日子さんが檻の中で、一体全体どんな気分でいるのかを知りたかった。事件の真相と同じくらい。

(経緯はどうあれ、最終的にはこちらから捜査協力を申し出た以上、本当は場所を変えたいくらいなんだが……)

残念ながら、今日子さんはかなりがっつり電子ロックを破壊していたので、まだ開けられないのだった——壊すのは簡単だろうと短絡的に考えたけれど、何をどうしたらここまで致命的に壊せるのか、ここまで来たら機械音痴の域だ。と言うわけで、現在、デパ地下帰りの若者が、壊された錠を更に壊すためのツールを、署内で探してくれている。

働き者だ。罪滅ぼしのつもりなのか。

「閉じ込められて推理をする探偵も、安楽椅子探偵と言うんでしょうかねえ。あはは、かけられている容疑を思えば、電気椅子探偵と言ったほうが、適切かもしれませんが」

その冗談は笑えない。

実際、罪状が強盗殺人である以上、有罪が確定すれば、最低でも無期懲役、最高なら——最高ではない最高刑なら、死刑が言い渡されることになる。

「……電気椅子じゃあ、ありませんがね。お忘れかもしれませんが、ここは日本ですから」

「本邦《ほんぽう》の死刑制度で採用されているのは、絞首刑《こうしゅけい》でしたっけ？　今もまだ、変わっていませんか？　私の記憶が正しければ――『まだ』正しければ、死刑執行のボタンって、複数あるんですよね。あたかもそれが核ミサイルの発射装置であるかのように、複数の執行人が、同時にボタンを押す。今もそうですか？」

「今も――そうですよ」

そう頷いたものの、少し自信がない。それが日怠井警部にとって、向き合いたくない現実だからかもしれない。自分が逮捕した人間が――たとえば殺人鬼だったとして――死刑の名の下に殺される現実。

それだけでも葛藤があるのに――、被害者遺族の気持ちを思えば、死刑制度に反対とまで主張できるほどの人権派にはなれないが、だからと言って、何の迷いもなく極刑に賛成できるほどの人権派にもなれない――、まして自分は冤罪製造機だ。もしも逮捕した凶悪犯が、冤罪だったらどうする？

鉄格子を挟んで目の前にいる被疑者が、そう主張しているように。

そんなことを思うと、元来口べたなはずの彼は、自然と多弁になった――これも誘導されたのだろうか。

「もちろん、核ミサイルの発射装置とは違って、同時に押さなければ絞首刑が執行されないシステムになっているわけではなく、そうすることで、誰が執行人になったかを不明にするための方策なのですがね」

「当然の配慮ですね」

と、今日子さん。

むろん、当然の配慮だろう。

しかし、それはこちら側——体制側にとっての『当然』であって、殺される受刑者の側に立ってみれば、進んでは受け入れがたいシステムだとも言える。

なにせ、彼または彼女は、自分が誰に殺されるのか、わからないまま死んでいくのだ——無念を晴らしてくれる探偵は、あるいは法執行機関は、死刑囚の前には現れない。

「真相は闇の中。迷宮入りですね。その場合はわかりやすく、取り調べを担当した刑事さんだったりを恨むものなんですかねえ？　化けて出るなら、そのかたくらいしか思いつきませんものねえ……、人は恨みやすいところを恨むものですから」

「…………」

今度は今日子さんからの皮肉か？　いや、彼女はこんな応酬を軽やかに楽しんでいるだけのようだ。

「閑話休題。話を戻しましょうか、日怠井警部。警部殿。捜査資料の提供、まことにありがとうございました。感謝の念が尽きません。これで日怠井警部のお役に立つことができそうで、私は喜びに打ち震えていますとも。このご恩は一生忘れません」

最後の軽口を除いて考えても過剰に芝居がかった物言いだが、しかし、そうでなくっちゃ困る。こちらは辞表を書いて待っていてもいいくらいのリスクを冒しているのだ。いくら脅されたとは言え――

（……いや）

脅されていなくても、結局は屈していたかもしれないと、落ち着いてみれば思う。人を間違って処刑台に送るよりは、まだしも汚職のほうが、不正ではないだろうから。

いずれにせよ、捜査ファイルをすべてつまびらかにした以上、これでもう被疑者からの『秘密の暴露』は望めない……、元々それは忘却探偵には望むべくもないものだったとは言え、ここから先のやり取りは、ベテラン刑事の日怠井警部にとっても、未知数の領域に突入するわけだ。

「このファイルを閲覧する限り」

と。

かくして、探偵は切り出した。

「犯人は私ですね、間違いなく」

3

「そ……、それは自供でしょうか、今日子さん。犯行を認めたと受け取ってよろしいのでしょうか」

思わず、必要以上に丁寧な口調になって確認してしまったが、

「いえ、そういうわけではございません。あくまでも、『このファイルを閲覧する限り』ですよ」

と、今日子さんは首を振った。

「誤解を招くような表現をしてしまい、申しわけありませんでした。決してわざとではありません」

嘘だ。わざとだ。

苦々しくそう思いつつも、安堵《あんど》する気持ちのほうが強かった……、ここで『私が犯人です』などと結論づけられてしまっては、あらゆる意味で立つ瀬がない。現実的には、日怠井警部ひとりの辞表では済まないだろう……、大袈裟でなく、既に署の存亡にかかわるような規模の事件になってしまっている。

「おやおや。私のせいみたいに仰いますけれど、日怠井警部、元々、事件の規模は大規模なんじゃありませんか？　この、亡くなった被害者の十木本さんって、日本有数のお金持ちなのでしょう？」

この地域にとって宝とも言うべきＶＩＰだったはずですよ――と、今日子さんは指摘する。

その通りだ。

素封家《そほうか》の放蕩息子《ほうとうむすこ》にして道楽息子を、果たして宝と表現すべきかどうかは議論があるとしても、かの一族がこの地方に納めている税金の額から言って、十木本未末がＶＩＰであったことは違いない。

扱う事件のセクションが違うので、組織内での横の繋がりが薄く、噂話《うわさばなし》にも疎《うと》い日怠井警部が不敬にも存じ上げなかっただけで、どうやらかなりの有名人だったようである。いい意味での有名人だったかどうかはともかく、少なくとも忘却探偵よりは遥かに知名度が高かった――そんなＶＩＰが殺された案件ならば、たとえ容疑者がかつての捜査協力者でなくっとも、取り扱いには要注意のタグがつけられただろう。

「正確には、日本有数のお金持ちの、親戚ですがね――絶縁されているとまでは言いませんが、ほぼ没交渉のようなもので。事件のことを告げて、お話を伺いたいと連絡を取ろうとしても、秘書室で止められてしまうくらいで――今のところ、アポイントメントも取れていないようです」

「『行けたら行く』ですか。まあ、メガバンクの創業者一族ともなると、お忙しいでしょうからねえ。羨《うらや》ましい限りです。私もいつか、銀行を経営してみたいものです」

巨大な夢を見ている。

少なくとも鉄格子に収まりきる夢ではない。

「あるいは、コインコレクターになってみたいものです」

そちらに関してはもう、なっているようなものじゃないのだろうか——鉄格子の中からでも、コンサルタント料金をせしめようとした守銭奴の鑑《かがみ》である。

「守銭奴、ですか。理由はさっぱりわかりませんが、私ってば、その印象が強いんですかね。この捜査ファイルによると、私は十木本さんのコレクション目当てで、十木本さんの館に押し入ったようですからね」

「ええ——館——まあ、館ですね」

時代がかった物言いと言うか、ミステリー用語としてそう言っているようにも聞こえるが、資料を読み解く限り、十木本未末の自宅は、そう表現するのが適当なサイズ・デザインの建築物のようだ。

他に表現を探すなら、お屋敷《やしき》とでも言うのか、邸宅《ていたく》とでも言うのか。

なにせ、内部に硬貨コレクションの展示室まであると言うのだから——日怠井警部が暮らすワンルーム・マンションよりも遥かに広い床面積を、奥ゆかしくも誇るであろう展示室。

そしてそこが凄惨なる事件現場でもある。

「あのキュートな刑事さんが思い描いた筋書きとしては、コレクションを盗むために館に忍び込んだ不肖この私が、タイミングの悪いことに展示室で館の主人と遭遇してしまい、刺殺するに至った――ということのようですね。私に言わせれば、この時点で、まるで何らかの叙述トリックが仕掛けられているかのごとく、矛盾が山のように積み重なっていますが」

「積み重なっていますか」

正面からそう評価されると、同僚を庇《かば》いたい気持ちも浮上する。

「まあ、まだ執筆途中だったファイルを、上司の命令で私に引き継いだ形ですからね。そこは大目に見てあげてください」

連載作品をけなされた小説家を庇うみたいな言いかたになってしまったが（完結まで見守ってください、みたいなフォローだ）、今日子さんは「です、ね」と、軽く頷く。

「これはまだ忘れていない記憶なので、念のための確認なのですが、私を逮捕したキュートな刑事さんが、このファイルに登場する、文責の中杉警部補で間違いないのですよね？」

「ええ――そして最初に通報を受けた頼瀬というのが、被害者の家の前に設置されたポリスボックスに、そのとき勤務していた巡査です」

「ポリスボックスですか。言葉にすると、なんともお金持ち感が増しますねえ」

確かに。

日怠井警部は、そこにそんな施設が設置されていることも知らなかったが、まあ、たとえ目玉が飛び出るような高価なコレクションがなくっても、かの一族の出であるということは、それだけで身の危険に直結するのだ。

ある意味、政治家よりも命を狙われやすい立場である――ポリスボックスが設置されたばかりか、警邏係《けいらがかり》には、館の周辺を重点的にパトロールするように、普段からお達しが出ていたそうだ。

ＶＩＰ扱い。

事件を未然に防ぐべきという考えに基づけば、特段、依怙贔屓《えこひいき》というような問題に発展するわけでもない……、問題があるとすれば、事件を未然に防げなかったことだ。

「第一発見者の管原さんから知らせを受けた、門前の頼瀬巡査が、『被害者と犯人』を目視で確認し、それから改めて署に連絡を取り、中杉警部補の出陣と相成ったわけですね――矛盾しておりますねえ」

「……どこがですか？」

仲間意識から、ここでも反射的に擁護《ようご》するようなことを言ってしまったが、日怠井警部とて、その捜査ファイルに違和感を感じなかったわけではない。

ただその感覚は、『いくらなんでも、これじゃあ忘却探偵が疑わし過ぎる』というような、漠然としたものだった――おかしいとは思うものの、具体的にどこがどうおかしいのかは、指摘しづらい。

強いて言えば、だから、出来過ぎていると思ったのだ。

雑に出来過ぎている。

ご都合主義の映画でも見ているかのような——随所で辻褄《つじつま》が合い過ぎていて、『現実はこんなにうまくいかないよ』と言いたくなるような。うまくいっているものにあれこれ文句をつけることこそ、本来、筋が通らないのだが。

「どこが、と言いますと——たとえば」

今日子さんは日怠井警部の質問に答えた。

「そこまで厳重にガードされていたのであれば、そもそも私という強盗が、押し入ることなんてできっこないじゃないですか」

「あれ——でも」

それはそう——なのか？

確か、ファイルの中では、その堅牢《けんろう》なるガードの要素は、『他に犯人らしき人物は出入りしていない』証左として取り上げられていたように思うが、しかし確かに、『今日子さんがどうやって、警護の目をかいくぐって屋敷に侵入したのか』については、今のところ、まだ触れられていなかった。

その辺りはこれから書くつもりだったのか、はたまた、事実、発見時に彼女が館の中にいた以上、経路はさほど重要じゃないという判断なのか。

「私が名探偵だからどうにかガードをかいくぐったのだろうという判断なのかもしれませんが、そう思うのでしたら、『名探偵がこんな見え見えの凶悪犯罪を犯すわけがない』と、結論づけて欲しかったところですねえ」

思い上がりもはなはだしいような暴言のようでいて、それはそうだと頷くしかない。理屈の論拠はほとんど同じである——ただ、今日子さんが事件現場で『発見』されたという現実が揺るぎなくある分、推論としては、中杉警部補の考えは妥当とも言える。

（ご都合主義——）

もっとも、警察署の深部までこうして、堂々と侵入して見せている忘却探偵のお手並みを思えば、あながち、警護の目をかいくぐっての館内侵入も、不可能とは定義できないが。

「『発見』ですか——第一発見者として名前が記されている管原さんは、使用人ということですか、これはボディガードやセキュリティとしての同居人ではなく、メイドさん的なポジションと考えてよろしいのでしょうか？」

「はい。被害者の十木本さんは、『ばあや』と呼んでいたそうです——『ばあや』は十木本さんを、『ぼっちゃま』と」

「絵に描いたようなお金持ちですね」

さすがに少々、今日子さんの笑みが引きつったようにも感じた——まあ、四十歳を超える壮年《そうねん》男性が、身内からとは言え『ぼっちゃま』と呼ばれていたことを、どう受け止めるかは人それぞれだろう。

「管原さんはおいくつなのでしょう？　ファイルには書かれてませんでしたが――キュートな刑事さんはジェントルなことに、女性に年齢を訊くのはマナー違反だと考えたのでしょうか」

「え？　書いてませんでしたか？」

だから『メイドさん』なんて言ったのか。

それは単なる手落ちである。マナーを弁《わきま》えていたわけでもない。

「私も引き継ぎの際、第一発見者は『ばあや』だったと聞いただけで、そこに書かれていないことは把握しているわけではありませんが……、高齢であることは間違いないと思います。でも、大切なことですか？」

「『第一発見者を疑え』は鉄則ですからね。お年寄りを疑いたくはありませんが、見間違いや勘違いということもあるかもしれませんし」

犯人として疑うのではなく、目撃者として疑っているのだろうか――そこはしかし、『キュートな刑事さん』から話を聞く限りは、お年を召されていても、まだまだ現役という印象を受けたが。

「『ぼっちゃまがしっかりなさるまで、ばあやは安心しておちおち休めません』みたいな感じでしょうか?」

軽口めかしているものの、当たらずといえども遠からずだろう。少なくとも、老人の証言だから不確かだったというようなことはないはずだ。

「ですね。それもミステリーの鉄則です。『子供や老人の証言は、正しい』」

「そういう言いかたをすると、逆に棘《とげ》が立ちそうですが――」

まるで『政治的に正しい』と言っているようだ――そういう風刺《ふうし》こそ、ミステリーから一番遠いものだろうに。もっとも、先ほどつい反発してしまったように、『刑事の作る報告書には穴がある』なんて鉄則を地で行かれても挨拶に困る。

「もちろん、揚げ足取りをするつもりはありませんよ。きっと立場が違えば、私でも同じような報告書を書くでしょう――忘却探偵ゆえに、報告書なんて書いたことはありませんが、しかし、どうでしょうねえ」

一応、配慮を示しつつも、今日子さんは報告書の、該当のページを開いた。

そして注釈を加えつつ、読み上げる。

「事件当日の朝――つまり今朝――定刻通りに起床なさった『ばあや』、管原さんは、いつものように、『ぼっちゃま』、十木本さんや、他の使用人のかたの朝食を準備します――牧歌的な呼び名からもわかるよう、どうやら厳格な主従関係が敷かれていたわけではないらしく、食事は主人も使用人も、みんなで一緒に食べるしきたりだったそうですね。しかし、食事を作り終えて、これまたいつものように起こしに行くと、寝室に『ぼっちゃま』の姿がない……」

そこで一旦、間を置く。

食事作りはともかく、『いつものように』、『ばあや』に起こしてもらっている成人男性について、思うところがあるのかもしれない。

ただ、くすりとできる笑いがあるとすれば、そこまでだった。

「……きっと例によって、展示室でコレクションを並べ直しているのだろうと、そちらに向かった『ばあや』。しかし、展示室の扉には、鍵がかかっていて開きませんでした――一度は『じゃあ、ここじゃないんだな』と、判断した『ばあや』でしたが、しかし使用人総出で館中を探しても、『ぼっちゃま』は見当たりません。『ぼっちゃま』がひとりでお屋敷の外に出かけるなんてことはありえないので、じゃあやっぱり展示室か、中でうっとりしたまま寝てしまったのか――と、一念発起した『ばあや』は、扉をこじ開けます」

アクティブなご老体ですねえと、今日子さん。

「すると展示室の中では、凶器で左胸をひと突きされた『ぼっちゃま』と、血にまみれた凶器を握り締めてすやすや眠りこけている、眼鏡をかけた白髪の美女が倒れていた――これが経緯で、よろしいですね？」

「はい」

さりげなく、忘却探偵が『美女』であることを追認させられてしまったが、まあ、それをよろしくありませんとは、とても言えない。

その後の展開は、先述の通りだ。

即座にポリスボックスに勤務する巡査に通報し、現場を保全した彼が、署に報告した——その間、ずっと眠りこけていたというのだから、白髪の美女もいい神経をしている。

目が覚めたとき、完全に包囲されていた……、まるで凶悪犯だ。

凶悪犯か、強盗殺人の現行犯なのだから。

「凶器を右手に握り締めて眠っていた……、凶器は展示室に飾られていた刀剣型の古銭。人を傷つける用途の刃物だとは思えませんが、まあ、素材が金属で先端が尖《とが》っていれば、殺傷能力はあるでしょうね」

「……他人事《ひとごと》のように語っていますが、殺傷能力のある凶器を右手に握り締めて眠っていたのは、あなたなんですよ、今日子さん？」

まさかそれを忘れているとは思わないが、念のためにそう注釈しておく——決して推理小説を読んでいるわけじゃないのだと。

「現実と空想の区別がつかなくなっていると言われると、名探偵としては言葉もありませんね。推理なんて、空想みたいなものなのですから」

「……まあ、現実と空想の区別がつかないのは、名探偵に限った話でもありませんがね。今やあらゆる犯罪に、電脳空間でのいざこざが絡んできますから」

おじさん刑事が、取り調べ室からだけでなく、現場からも撤退しなければならない日も、そう遠くはない。

「ただ、空想家に言わせていただきますと、この点も矛盾のひとつなんですよ？　私が名探偵じゃない、ただのお間抜けな女の子だったとしても」

「『美女』はまだしも、『女の子』っていうのはさすがにないと思いますよ、さすがに」

「ただのお間抜けな女の子だったとしても、犯行現場で凶器を握り締めたまま、眠りこけたりはしませんよ」

諫言《かんげん》は無視され、しかしだからと言って、無視し返すことのできない指摘ではあった……、そう、ご都合主義の部分だ。

「言うなら鍵のかかった密室の中に、死体があって、そのそばで、見覚えのない不審者が刃物を持って眠っている——誰がどう見ても犯人過ぎて、そんな登場人物は逆に怪しくないと思いませんか？」

「……一応言っておきますが、逆に怪しくないことだけを理由に、あなたを無罪放免にするわけには行きませんからね？　私も、それに中杉警部補も、その事実を、決しておかしくないと思っているわけではありません——だからこうして、あなたの話を聞いている。だけど、逆に言うなら、このくらいの『おかしなこと』は、どんな事件にもつきものなんですよ。もっとわけのわからない行動を取る被疑者だっている。盗みに入った殺人現場で寝てしまう犯人というのは、確かに初耳ですが」

「盗みに入った殺人現場で、凶器を握り締めたまま寝てしまう犯人、ですね」

「ええ、凶器を握り締めたまま」

こだわるなあ。

そこはそこまで重要でもないように思えるが。

「でも、繰り返しになりますが、それは現実にあったことなわけですから。空想とは一線を画しています。名探偵に言わせれば、手柄を焦った愚かな刑事の勇み足と見えるのかもしれませんけれど、しかし、その状況で、あなたを逮捕しない刑事はいません」

「そうでしょうとも。何も私は、声高に不当逮捕を訴えているわけではありませんよ。むしろ、その状況を唯一説明できる立場にいるはずの私が、一日で記憶がリセットされる忘却探偵であるばかりに、違和感に合理的な解釈を施すことができず、申し訳なく思っていたくらいです」

絶対思っていない。

一貫して彼女はふてぶてしかった。

「それゆえに善良な一市民として、協力を申し出たわけでして」

違う。一経営者としてだった。

「でも、おかげさまでだいぶん、整理できましたよ」

「整理――推理ではなく、ですか？」

「今のところはまだ、空想でさえありませんね。現状の矛盾点、ないし疑問点のチェックがようやく終わったところですから」

最速の『ようやく』だ。

あるいは要約か。

「『ばあや』の証言が、やはり今日子さんとしては、受け入れられないと？」

「そうですねえ。館の中に姿が見当たらないからと言って、『ぼっちゃま』がひとりで外出するわけがないという判断は、いかがなものかと思いますねえ。先走り過ぎの感が否めません」

「いや、それはもう、個人の生活習慣の問題であって……」

個人の生活習慣の問題と言うより、故人の生活習慣の問題という感じであるが。

「ええ。問題ですね」

今日子さんはにこやかにそう受けた。

もしもにこやかな今日子さんに、金持ちの道楽息子に対するルサンチマンがあるのだとすると、犯行動機に繋がりかねないので、それを表明するのは得策ではないと、変な心配をしてしまう日怠井警部だった。

「真面目な話、確信を持って——鍵のかかった扉を破壊するくらいの確信を持って、『ぼっちゃま』が展示室の中にいるのではと判断した『ばあや』の行動を、どこまで自然なものと受け取るかという話です」

「……言われてしまえばお説ごもっともと言いますか、仰る通りではありますけれど、しかしこれは、同じ屋根の下で長年生活し、お世話をしてきた『ぼっちゃま』のことなのですから、言葉では説明しにくい勘が働いたとしても、さほど不自然ではないと思いますけれど……？」

見方を変えれば、刑事の勘や探偵の勘よりもよっぽどアテになるかもしれない、『ばあや』の勘だ。

「実際、それは的中していたわけですし……、それとも、『ばあや』は、『ぼっちゃま』が展示室の中で殺されていることを、あらかじめ知っていたとでも言うんですか？」

「場合によっては」

極論を提示して名探偵の反応を窺《うかが》おうとしただけの日怠井警部だったが、意外なことに、今日子さんはその可能性を完全には否定しなかった。

だとすると、『第一発見者を疑え』なんてクリシェが、そのまんまの意味になってしまう……、しかし、無理矢理にでも今日子さんを無実だと考えようとするならば、そういうことになるのだろうか？

「たとえば、夜のうちに展示室で『ばあや』が『ぼっちゃま』を殺して、何らかの手段で眠らせた今日子さんをその殺害現場に運び込み、刃物を握らせた上で死体のそばに横たえ、そして扉を閉じて密室化する……、頃合いを見計らって『ぼっちゃま』がいなくなったと大騒ぎし、自分が第一発見者の振りをする……？」

成立しなく――もない。

使用人を全員抱き込めば、展示室どころか、館自体、密室みたいなものなのだから――取り調べ室と同じくらい、閉じられた空間だ。

「参考までにお訊《たず》ねしますが、日怠井警部、館の中――たとえば展示室に、防犯カメラだったり赤外線センサーだったりの、セキュリティは施されていないのですか？　捜査ファイルでは、その辺りは触れられていませんでしたが」

触れられていないのは、なかったからだ。あったら書いているだろう――まあ、警備員を雇うまでもなく、警察官が屋敷の周辺を警護してくれているのだ。内側の守りがゆるくなるのは、ある程度、当然とも言える――資産家だって家の中でくらいは、リラックスしたい。

檻の中でリラックスする今日子さんも、そこは共感できるようで、「ですね」と、同意を示す。

「展示室の扉が鍵付きだっただけでも、めっけものでしょう――探偵といたしましても、密室の登場には浮かれちゃいますよ」

「浮かれている場合じゃないですがね。そのせいで、あなたの容疑が濃度を増しているわけですから」

「そうでした。おのれ密室」

なお笑っていられる余裕を見せてから、今日子さんは、「密室の中で、ひとりが殺されていたら、もうひとりが犯人。これはミステリーの鉄則でも、クリシェですらもありませんね」と言った。

「いわゆる、『登場人物が三人以上いないとミステリーは成立しない問題』です」

後期クイーン問題みたいに言っているが、もう少しスマートな名付けはなかったものか――だが、ネーミングはともかく、その概念自体は、日怠井警部にも知識があった。人間がひとりきりだったなら、誰かに殺されることはない――ふたりいたなら、どちらかが殺されれば、どちらかが犯人と、論理的に推定しうる。だから人間が三人になることで、初めて『殺人事件』は成立する――先ほどの今日子さんの洒落になぞらえて言うなら、これは『三人以上いないと成立しない問題』ではなく、『ふたりだったら成立する平和』と言うべきか。

「もちろん、こんな論理パズルみたいなパラドックス自体、成立しないんですけれどね。なぜならふたりだったら、確かに殺人事件は発生しないかもしれませんが」

と、今日子さん。

「殺し合いなら、発生しますから」

むしろふたりきりのほうが、発生しやすいかもしれません。

4

もしかして遠回しに正当防衛を主張しているのだろうか、だったら確かに『潔白』ではあるけれど——と、日怠井警部は戸惑った。

密室でふたりきり。

殺されそうになったから、殺した——強盗殺人の前二文字の解釈をいったん置けば、まあ、ありえないケースではない。

後ろ暗いところがないから、現場から逃走するようなことはせず、むしろ堂々と、その場ですやすや眠った——いや、この辺りの理屈をどうこねくり回しても『すやすや眠った』の部分は得心できないにしても、殺人事件そのものについては、それで説明がつく。

「強盗殺人の容疑で逮捕された理由は、今日子さんが侵入者であったこと、場所がコレクションの展示室であったこと、そして、凶器でもある古銭をがっちり握っていたこと――なのでしょうが、その凶器を『身を守るため』に握っていたとするなら、最後のひとつは考えなくてもよくなる。ならば、最初のふたつを――」

「どうやって侵入したかも、考えなくてはなりませんがね。ただし、日怠井警部。私は正当防衛を主張して、起訴内容を争うつもりはありませんよ――起訴されるつもりからしてありませんし」

「え？」

そうなのか。

拍子抜けする気持ちになるが、ああそうか、これは忘却探偵の十八番とも言うべき、総当たり式の網羅推理が始まっているのだ、と理解する。

最速のメリット。

将棋《しょうぎ》のAIソフトのように、すべての可能性を、尋常ならざる処理速度によって検討する――先ほど触れた第一発見者である『ばあや』犯人説というのも、あくまでもそのひとつに過ぎないのだろう。

「密室の中、男性に殺し合いで勝てるとも思いませんしね。しかし、扉はこじ開けたということでしたが、日怠井警部、これはやはり性急な感があります。室内にいると推定するのは勘でいいとしても、何も壊さなくっても、鍵屋さんを呼べばよかったのに……、報告書では、その点にも触れられていませんが」

その速度でぽんぽん訊かれると、ついていけない——日怠井警部も、その捜査ファイルに書かれている以上のことは、だから、まだ知らないのだ。ただ、言われてみれば不自然な行動でもある。

こうなると、いくら今日子さんが安楽椅子探偵ならぬ電気椅子探偵を気取ろうとしても、捜査を引き継いだ日怠井警部としては、やはり一度、現場を確認する必要がありそうだ。関係者から直接話を聞くなりの工程は省けない。

なんだかすっかり、被疑者にばかり振り回されているけれど、刑事の基本は足である——現場百遍どころか、一度も現場を訪れずに、留置場で勾留者と喋々喃々《ちょうちょうなんなん》としているのは、はなはだ不本意だった。

ただ、いくら網羅推理の最中であろうと、いや、最中であるからこそ、あらゆる可能性を探る前に、これだけは訊いておかねばならないことがあった。

今日子さんは何を隠しているのか。

白髪頭の中の備忘録。

『寝ちゃいますよ？』と、脅しに使ったカードには、いったい何が書かれていたのか。

このまま可能性の中でうやむやに、煙に巻かれては敵わない——捜査協力を依頼したとは言え、まだ、刑事が探偵に降参したわけではない。

かませ犬になると決まったわけではない。

日怠井警部が先に事件の真相を突き止めてしまえば、かませ犬役を務めることになるのは、探偵のほうだ。推理合戦なんて今時、ミステリーでもやるまいが、そのためにも、条件はフェアに揃えられるべきである。

「あー、その件ですね。はいはいはいはい。ありましたありました、そういうことも。そういうどうでもいいことも。あんまりにも些細《ささい》なことなので、私ったら、寝てもないのに忘れていました」

「…………」

なぜそんな不審な対応を。

え？　いや、ちょっと待てよ。

まさかここまできて、あれは空手形だったなんて抜かすつもりじゃないだろうな――いや、それは確かに、その可能性を含んだ上で、こちらは捜査協力をお願いしたとは言え、一時間前と今とでは、シチュエーションが劇的に違う。

ここまで抜き差しならない逆境にまで人を追い込んでおきながら、実はあれははったりでした、覚えていることなんてありませんし、肌に書かれていた他の備忘録なんてありませんでした――なんて言説が通るはずがない。

「きょ、今日子さん――冗談ですよね？　探偵一流のジョークで、またまた刑事を馬鹿にして――」

「そうやって日怠井警部はご自分の職業を卑下《ひげ》なさいますけれど、そういうの、あんまりよくありませんよ？　私はシャーロック・ホームズが、もちろん大好きですけれど、刑事コロンボだって同じくらい大好きなのですから。ところでご存じですか？　日本では警部とされるコロンボさんですが、原語では警部補なんですって」

　そんな興味をそそられる雑談をいきなり持ち出されても、誤魔化されるはずがない――それこそ刑事コロンボのやり口だ。

　探偵を出せ。探偵らしさを。

「まあまあ、そう慌てないでくださいよ。慌てる刑事は退職金が少ないですよ」

「退職金!?　なぜ私がクビになる前提で話を進めようとするんですか!?」

　鉄格子にすがりつきたくなる。

　確かに、ここまで来れば、今更、今日子さんが有罪だろうと無罪だろうと、彼女の味方をするしかない、一蓮托生《いちれんたくしょう》の日怠井警部ではあるけれど――むしろ、無罪であってくれなければ困るような立場でさえあるけれど。

　だからと言って、それで怯むと思われても屈辱的だ――一蓮托生なのは、そちらから見ても同じなのだということを、忘れてもらっちゃ困る。

本当に困る、忘れてもらっちゃ。

「いえいえ、私はあなたを騙したりなんてしませんよ、日怠井警部補」

「さらっと私を降格させないでください。私の階級は、原語でも警部です」

「そうですね、今のところは」

「今日子さん」

「いえいえ、今回の目を見張るような働きに、出世すること間違いなしと言いたいのですよ。トラストミーです」

「…………」

探偵ではなく、ガチの詐欺師を相手取っているかのような気分になって来た。こんな知能犯を相手にするのは、本来、まったく捜査一課の仕事ではない。

（……しかし）

ここで諦めるようなら、冤罪製造機の名が廃《すた》るというものだった――いや、そんな名なら、一刻も早く廃れてくれたほうが助かるのだが。

「てっきり私は、あなたの頭の中に隠している備忘録に書かれているメモが、あなたにご自身の無実を保証させているのだと思っていましたが――違うんですか？」

「もちろんそうですとも。そうでなければ、たとえ私自身であっても、容疑者候補から外したりはしませんとも……、『私がそんなことをするはずがない』という確信は、私の頭の中にあります。ただし……、今それをここで言っても、それが日怠井警部にとって有効な捜査情報になりうるかどうかと言えば、必ずしもそうではないと主張したいのです」

だから後回しにしています、と今日子さんは言った——忘れていたわけでは、本当にないようだとわかって、とりあえず安心した。だが、それでも、空手形なんじゃないかという疑いは拭いがたく残る……、後回しにするって、いつまで後回しにするつもりなのだ？

「ですから、専門家がいらしたらですよ。それも後回しって言ったでしょう？　私の専門家こと隠館厄介さんとやらなら、私の記憶の意味を、きっと正しく解釈してくださることでしょう」

つまり私としましては第三者による検証を求めたいわけですね——と、今日子さん。

朗らかに言っているし、観念して粛々と白状したような雰囲気を出しているが、しかしぴしゃりと一発、強烈な往復びんたを食らったような気持ちになった。

往復びんたなら二発か。

（要するに、この留置場内で切り札となる捜査情報を開示すれば——ある意味での『秘密の暴露』をしてしまえば、それを俺が……、ひいては警察が組織的に隠蔽するかもしれないと、したたかにそんなリスクを計算しているわけか）

協力を依頼する条件として、前任者から引き継いだ捜査ファイルを差し入れるのは当然としても、どうして今日子さんが隠館青年との面会を要求しているのか、納得のいく説明がないままだったけれど——なんとなく、自分の正体を探るために、捜査とは関係のない部分での条件だと思っていたけれど——どうやら、専門家というより、公平なる第三者として、供述への彼の立ち会いを求めているらしい。

たとえそれが、『誤認逮捕』をした警察署にとって、どれほど不都合で、どれほど受け入れがたい情報であっても、そう簡単にはもみ消せないように——隠蔽工作が不可能になるように。

(にこやかにぺらぺら喋って、リラックスして、ふてぶてしくも着替えを用意させたり、夕食を用意させたりしておきながら、この人、これっぽっちも警察を信用してない——)

いや、信用していないわけではないのだろう——むしろ、不当かどうかはともかく、不遇と言って間違いのない鉄格子の環境を思えば、全幅を委ねていると言っていい。だが、肝心要《かなめ》の主導権は、財布の紐のごとく握り締めたままで、まったく手放そうとしていない。限られた選択肢の中から、絶え間なく連続して最善のものを選び続けている。

自身にとっての最善を。

なんのことはない、人心を掌握するのが得意な名探偵は、自分の心をこそ、もっとも強く握り締めているという話だ——握り潰さんばかりに指を食い込ませ、制御している。情報を開示しても、探偵に対して心を開いているつもりはない日怠井警部だったけれど、探偵のほうは、日怠井警部どころか、自分自身にさえその心を開いていない。

こうなると痛々しくさえある。

確信めいたことを言っちゃあいたし、それをこれまで鵜呑みにはしていたけれど、案外、逮捕された名探偵の無実を一番信じていないのは、この人なんじゃないのか……?

裏の裏は表——か。

（………）

そんな探偵の姿勢に、同情するのはまったく違うだろうし、むしろ腹立たしくさえあったけれど、日怠井警部がなんと言っていいのかわからなくなったそのとき、ポケットに突っ込んであった携帯電話に着信があった。

鉄格子をこじ開けるための道具を探しに行ったまま帰ってこない、監視員の若者からだった——見計らったようないいタイミングと言えるのか、それとも見誤ったような悪いタイミングと言えるのか。

しかし、用件は『丁度いい道具が見つかったので、これから戻ります』ではなかった——どうやら受付ででも遭遇したのだろう、専門家・隠館厄介の、署への到着を告げるメールだった。

（――本人にはその意図はなかったとしても……、掟上今日子のエキスパートであるあの挙動不審な猫背の青年なら、あるいは今にも握り潰されそうな、この人の凝《こ》り固まった心を、少しはほぐしてあげることができるんだろうか……？）

このときばかりは。

このときばかりは事件を離れて、日怠井警部はそんなことを思った。

5

こうしてようやく、僕と今日子さんは、面会という名の再会を果たす。

あるいは初対面を。

第六話　隠館厄介の面会室
&
第七話　掟上今日子の秘密の暴露

1

千曲川署の面会室を訪れるにあたって、僕はそれなりに覚悟をしていた。こう言っちゃあなんだが、僕は留置場という場所を千曲川署のものに限らず、ひと通り知っている——それはつまり、果たして今、今日子さんがどれくらい過酷《かこく》な状況に置かれているのかを知っているという意味だ。

熟知しているという意味だ。

冤罪であろうとなかろうと、あれは心が折れる環境だ——僕と違って気丈な今日子さんなら、そんな酷遇《こくぐう》の中でも、きっと優雅に過ごしているんじゃないかとも思いたいものの、しかし楽観視もできない。

特に、同じ服を二度着ているところを誰も見たことがないと言われる探偵界のファッションリーダーである今日子さんが、画一的なオレンジのジャンプスーツを着せられているんじゃないかと思うと、専門家は気が気でなかったけれど、しかしそんな事態も想定して、心の準備をしておかねば。

きっと今日子さんなら、署内の誰かを抱き込んで、そう、女性警察官を味方につけて、お洒落なお洋服を特別に用意してもらっているさ――と、無理矢理自分を励ましながら、僕はおっかなびっくり深夜の面会室に足を踏み入れたわけだが、果たして忘却探偵は、僕の覚悟を超えてきた。

アクリルガラスで仕切られた向こう側に。

今日子さんは制服で現れた。

いつぞや、探偵活動の中で、水兵さん仕様ではないセーラー服を着用したこともある今日子さんだったが、このたびの制服は学童用のそれではなく、警察官用のそれだった――つまり、制服警官である。

帽子までかぶって、完全に女性警察官のファッションだった――こぼれ出る白髪がなければ、ひと目では今日子さんとわからなかったくらいの印象的なドレスアップだった。

え？

と思って、今日子さんの背後で、後ろ手でドアを閉める日怠井警部に目をやる――警部は苦虫を噛《か》み潰《つぶ》したような顔をしていた。いや、彼自身が噛み潰された苦虫であるかのような、そんな深い味わいのある表情である。

「初めまして。探偵の掟上今日子です。もしくは、容疑者の掟上今日子です。あるいは、ポリスウーマンの掟上今日子です」

椅子に座って、帽子を脇に置き、ぺこりと頭を下げる今日子さん――アクリルガラスで仕切られた面会室なのだが、なにせあちらにいるのが制服警官なので、窓口に相談に来たみたいな気分になった。

「か……隠館厄介です。……初めまして」

そう言うべきだろう。

何百何千万回目かの初めましてだ。

僕も座って、まじまじと今日子さんの衣装を観察する――今回は被疑者としてではなく、忘却探偵の専門家として署に招かれた僕ではあるけれど、しかし、僕の定職は冤罪マスターなので、当然、警察官の制服には相当詳しい。

縫製を見る限り、本物のようだ。制式に則っている。

コスプレ的なレプリカでも、警備員の制服でもない。

「こんな格好で失礼します。裏表紙用です」

「え？」

裏表紙用？

表紙だろうと裏表紙だろうと、本来、秘された存在である忘却探偵が大々的に、何かの表紙を飾るなんてことはあってはならないはずだが。

「もとい、変装です。お恥ずかしい限りですが、なにせ『営業時間』を大幅に逸脱しての面会ですからね。留置場から面会室まで移動するにあたって、変装をしないわけにはいかなかったのですよ」

警察署の中なのですから警察官に化けるしかありませんよねえ——と、今日子さんは同意を求めるように日怠井警部を振り返った。

日怠井警部は目を逸らした。

まるで同意していない共犯者の、不本意極まる態度である。

そりゃあそうだ、確かに深夜に勾留者を鉄格子から出すなんて外聞は悪いし、その勾留者に秘密裏に捜査協力を頼んでいるとなると、こそこそもしなきゃあなるまいが、あくまでも署内での出来事なのだから、なにも制服を貸与《たいよ》することはない。

そっちのほうが問題になる。

どうせ今日子さんがごり押ししたのだろう——囲井さんとの情報交換を済ませたのち、日怠井警部から署に招かれた段階で、彼女がおとなしく囚われているわけではないことはわかっていたが（どういう経緯で日怠井警部が今日子さんに推理を依頼する『羽目』になったのかまでは聞いていないけれど、この現状を見るに、悪質な脅しをおこなったのだとこの専門家は分析する)、思っていた以上に忘却探偵は、横暴に振る舞っているようだった。

しくじった。すべきは別の覚悟だった。

呼ばれるがままにここに来たのは、やはり軽率だったか……、冤罪をかぶせられるどころか、知ってしまった以上、僕もまた、この不正行為の共犯みたいなものである。

従犯かな。

そんな僕(と、日怠井警部)の心境をよそに、滅多に着られない(普通は絶対に着られない)警察官の制服を着られた今日子さんは、傍目《はため》にも明らかなほどご機嫌だった。とてもこの部屋に入る直前まで、手錠をかけられ、腰縄をつけられていたとは思えない

――さておき、いつまでも見とれてもいられなかった。

勾留者との面会にまつわる規則なんて、今や形骸《けいがい》化も甚《はなは》だしいが、それでも時間は限られている――ファッションチェックもそこそこに、僕は切り出した。

「今日子さん、今、どれくらい眠いですか?」

2

日怠井警部は、隠館青年のその切り出しかたに、少なからず感心した。

入室したときこそ面会室の、普段とは逆サイドに座ることに落ち着かない様子を見せていた彼だが、さすが『専門家』とでも言うのだろうか、今日子さんの姿を――制服姿を――見た途端、しゃっきりした印象だった。

そして、日怠井警部がろくに開示していない事件の詳細を訊くのでもなく、あるいはこんな深夜に自分が呼ばれた理由を訊くのでもなく、まずは忘却探偵の睡眠コンディションについて尋ねた。

「今日子さん、今、どれくらい眠いですか？」

端的ではあるが、確かに訊くべき質問だった――言われるがままに制服を貸与した(もちろん、手錠や拳銃、警棒に関しては、日怠井警部は抵抗し、ちゃんと取り上げている――数少ない勝利だ）成果か、見る限り、うきうきとテンションが上がっている風な忘却探偵ではあるものの、しかし、囚われの立場で、日怠井警部に弱いところは決して見せまい。

実は眠いのを我慢しているだけかもしれない。

(信用していない――何も)

元気溌剌《はつらつ》としているように見えても、彼女にとって今日という日が、ハードな一日であることは間違いないのだ。

そしてそんな『今日』は、まだ終わっていない。

何よりもまず、『眠さ』に着眼点を置いた隠館青年は、日怠井警部の印象ほど、頼りのない男ではないのかもしれない——そんな風に見直したものの、しかし肝心の今日子さんの反応は、

「いえ、別に、ぜんぜんですね」

と、つれなかった。

日怠井警部に向けているのとさして変化のない、いつもの笑顔で、素《そ》っ気《け》なかった——専門家を前にしても、今日子さんの牙城《がじょう》は崩れないというわけか。

まあ、いくら置手紙探偵事務所の常連であっても、『今日の今日子さん』にとってはあくまでもどこまでも『初めまして』なのだから、対応が大体同じなのは、当然と言えば当然だが……、奇妙なのは、そんなつれなさにも、隠館青年がまったく動じていないことだ。

むしろどこか、安心した風にも見える。

不気味だ。

その不審な態度に刑事の血が騒ぐが、ここは面会室であって取り調べ室ではない……、それに、たぶん隠館青年は、今日子さんが留置場の中でも平常運転であることにほっとしただけだろう。

冤罪製造機と言えど、同じ人間を二度も誤認逮捕するつもりはない——ここは推移

を、おとなしく見守るとしよう。

（『推移を見守る』――その決断が、第四取り調べ室に行けという命令を受けた段階でできていれば、こんな署を挙げての不祥事に関わらずに済んだのに……）

まあいい。そこは諦めた。これは仕事だ。

それを言うなら、仕事でもないのに、結局はのこのこ、一度は自分が囚われた署に姿を現した、隠館青年こそいい根性をしていると言えよう。

常ににこにこ顔の今日子さんに対して、常におどおどしている風に見える隠館青年――あちらからどのように見えているかは知らないが、こちらから見ると、どちらが被疑者かわからない。

はかばかしい返事ではなかったとは言え、ともかく質問の答を受けたところで、隠館青年は改めて、

「それで、僕はいったい何をすればいいんでしょう？　僕でお役に立てることがあればいいんですが……」

と、今日子さんに申し出た。

普通なら最初にするだろう種類の質問だが、『なぜ呼ばれたか』ではなく『何をすればいいか』を訊いている辺り、半ば用件を引き受けてしまっているようなものである。

忘却探偵には助手はいないという話だったが、ひょっとして隠館青年は、こんな風に忘

却探偵の仕事を手伝った経験が、これまでにも多々あるのだろうか？

依頼人としてでなく、専門家としてでもなく。

（だとすれば、報われない話だ）

どれだけ尽くしても、今日子さんのほうは、それを眠るたびに忘れてしまうのだから。

そんな気持ちが生じたからか、

「隠館さん。それよりも先に、事件の詳細を、訊かなくてもいいんですか？」

と、推移を見守ると決めたはずの日怠井警部は、今日子さんが応える前に、反射的に口を挟んでしまった――本来無関係である彼が、日怠井警部自身や、今や事実上、千曲川署の全職員がそうであるよう、何も知らないままに忘却探偵の傍若無人《ぼうじゃくぶじん》さにむざむざ巻き込まれて行くのが忍びなかったのかもしれない。

隠館青年に電話をかけた張本人は日怠井警部だが、状況はもう、そのときからさえ変化している――忘却探偵は、公平な証人になってもらうために、隠館青年を呼んだことが判明している。

何も知らないままそんな立場に置かれてはたまったものではなかろう――そう思っての助け船だったが、

「いえ、一応、僕のほうでも調べました。今日子さんが逮捕された事件が、どういう事件なのか……、できる限りですが」

と、隠館青年は、日怠井警部に、力なく笑った。

ふむ。これも意外だ。イメージほど、ただ巻き込まれるだけの男ではないらしい。

考えてみれば、名探偵と強いパイプを持っている彼が、何らかの情報源を持っていないと考えるほうが無理があるか——まだ報道に出ていない強盗殺人事件を知るために、他に探偵を雇ったのか？

そんな日怠井警部の心中を察したわけではないだろうが、隠館青年は、「大丈夫です、今日子さん。他の探偵に頼ったりはしていません。中立公正なジャーナリストに教えてもらいました」と、訊かれてもいないことに応えた——なんとも取り調べが楽そうな男だ。

実際は楽ではなかったが。

振る舞いこそ対照的だが、見た目に騙されてはならないのは、忘却探偵も忘却探偵の『専門家』も、同じなのかもしれない。

「それはそれは、お気遣い痛み入ります」

今日子さんはそう一礼してから、頭を起こして、「中立公正なジャーナリスト、ですか」と、呟いた。

「しかしまあ、ジャーナリストに情報が漏れていると隠館青年と日怠井警部、どちらに対してともなく、呟いた。

していられませんね。最速の探偵でなくとも、うかうかせずに急いだほうがよさそうです。さておき、ジャーナリストさんが真に中立公正であるならば、あなたに……、えっと、厄介さんとお呼びしても？」

「は、はい！　是非！」

「ジャーナリストさんが真に中立公正であるならば、厄介さんに、事件のすべてをお話ししてはいないはずですよね？　プライバシーや情報源への配慮は、当然おこなわれたはずです――なので、事件当事者である私のほうから、もう少し踏み込んだ内容をお教えして、共有しておきましょう。急がば回れです」

私のほうからも何も、それはさっき報告書を読んで得たばかりの知識のはずだが、しかし今日子さんは、更に手短に、自分が逮捕された事件をコンパクトにまとめて、隠館青年に語った。

ダイジェスト版。

三分でわかる強盗殺人だ。

しかし、

（……厄介さん？）

どうして下の名で？

そしてどうして青年は、それだけのことで、ああもはっきり、見てわかるほどに浮かれている？

3

厄介さんと、今日子さんからそう呼ばれたことに、嬉しさを隠しきれなかったようで、日怠井警部が僕のことを、怪訝そうな顔で見ている――構うものか、僕は別にクールな男に思われることを切望してやまないわけじゃない。

どころか、この件に限っては、これで怪しまれて誤認逮捕されても構わないと思うくらいだ――一方で、『隠館さん』と呼ばれるか『厄介さん』と呼ばれるか、射幸性の高いギャンブルにはまっているかのようで、この喜びが癖になったらよくないとも思う。

さておき、今日子さんがアカウンタビリティを発揮してくれたことで、面会室に這入る前よりも、状況はいくらか綺麗に整理された――囲井さんからいただいた情報と照らし合わせれば、ほぼほぼ、事件の概要は把握できたと言っていいんじゃないだろうか？

亀井加平さん＝十木本未末さん。

最初に仮名のほうで覚えてしまったから、インプットし直すのがやや骨だが、まあ、忘却探偵の専門家としては、呼び名のリセットくらいはできなくてどうする。

その珍しい名字から、亀井さん……十木本さんが、どのメガバンクの創業者一族の出なのか、およそアテがついてしまったが、それもよしとしよう……、うーん、どんどん深みにはまっていく感じだ。

知り過ぎて消されたらどうしよう。

忘却探偵は忘れることで身を守っているのだが、それが僕にはできない……、無事に警察署から出られるかどうか、今更ながら改めて心配になってきた……、囲井さんに生きた情報を持って帰るためにも（そういうビジネスライクな取引が結ばれている）、僕は無事に、この面会室を退室しなくちゃならないのだが。

「いかがですか？　厄介さん。まずは率直な感想を聞かせていただきたいところなのですけれど、専門家として、私が犯人だと思いますか？」

答えにくい質問だ。

第一、僕の意見を採用するつもりも、参考にするつもりも、今日子さんにあるとは思えない――そんなことを訊くために呼び出されたわけじゃないことくらいはわかる。が、名探偵が助手役にヒントを求める場面なのかもしれないと思うと、邪険《じゃけん》にもできない。僕が今日子さんを邪険にする展開というのも、なかなか想像しにくいが、とにかく訊かれたことには答えた。

「様々な角度から、疑惑が生じるのは確かです。ただ、少なくとも強盗殺人という線は、薄いんじゃないでしょうか……？　仮に、展示室に忍び込んだのだとしても、そこで眠っているところを発見されたということは、イコールで、まだ何も盗んでいないということなんですから」

「やり手の悪徳弁護士みたいな着眼点ですな」

と、日怠井警部から横槍が入った。

話を聞いて思ったことを言っただけで、逮捕容疑の揚げ足を取ったつもりはなかったけれど、刑事としては看過できない言い抜けだったらしい。

悪徳なんて言われてしまった。悪い徳。すごい言葉だ。

「しかし、凶器の刃物が収蔵物の一部である以上、それを手に持っていた時点で、今日子さんの強盗容疑は成立するんじゃありませんか？」

本人そっちのけで、法廷闘争《ほうていとうそう》みたいになってきた——僕は悪徳どころか弁護士でもないし、日怠井警部も、秋霜烈日《しゅうそうれつじつ》の検事ではないのだが、まあ、それも理屈である。

ただ、展示室が密室だったのなら、現場から持ち出していないのだから、やはり未遂なのでは——値打ちにもよるか。

その刀剣型の古銭が、果たしてどれくらいのお値打ちものなのか——考古学的な価値はともかく、それが高等遊民のコレクションの中で、もっともお高いコインだとは思えない。まあ、日怠井警部に指摘されるまでもなく、このアプローチは、前振りと言うか、考えをまとめるための時間稼ぎみたいなものだ。

「ある人物がある犯罪の犯人でないことを証明するのは悪魔の証明めいていますが、ここでは逆に、今日子さんが無実であるためには、どういう要件が必要なのかを考えるべきだと思います。今日子さんを筆頭の……、あるいは唯一の、容疑者たらしめている要素は何か」

「なんでしょう、探偵さん」

今日子さんが僕の演説口調を揶揄《やゆ》するように、愛のない合いの手を入れた——本当に緊張感のない人だ。

「言っておきますが、悪魔の証明は、便利な逃げ口上ではありませんよ？　私が聞きたいのは、探偵の証明ですねえ——探偵のＱＥＤです」

「ひとつは……」

僕は茶々に構わず進んだ。突き進んだ。

「ひとつは、どうやって十木本さんの屋敷に入ったのかわからないという点——常にパトロールされている館に這入っていたんですから、これは不法侵入を疑われても仕方がない。でも、不法侵入じゃなかったとすれば……、たとえば探偵として、十木本さんから何らかの事件の解決を依頼され、招待を受けていたのだとすれば、不法侵入じゃありません」

世間と関係性を絶っている忘却探偵は、依頼人としてしか世間と繋がらない——という考えかたの延長線上だ。

「ふうむ。なんだかこじつけっぽいですねえ」

と、難癖をつけるようなことを言ったのは、日怠井警部ではなく当の今日子さんである――勘弁してくださいよ。

名探偵風の演説はともかく、『ひとつは』なんて網羅推理の真似事をされるのが、お気に召さないのかもしれない。それとも、なまじ自分のテクニックだけに、近距離でやられると、アクリルガラス越しでもあらが目につくのだろうか。

「でも、これなら、おまわりさん達の目をかいくぐれた理由にも説明がつくじゃないですか。内部に協力者がいたとするなら――まして、その協力者が、館の主人だったたなら」

「正式に招待されたなら、こそこそしなくちゃいけない理由もないと思いますが？　ポリスボックスに勤務する巡査に会釈《えしやく》して、正面から入ってもよさそうなものですが」

う。それはそうか。

どうして本人から駄目出しを受けなければならないのだと思いながら、僕は日怠井警部のほうを見た――『こっち見んなよ』みたいな顔をされた。これも、それはそうか。

だが、根は悪人ではないのか（そもそも悪人ではないのか）、

「仮に、十木本氏が依頼人だったとするなら、守秘義務絶対厳守の置手紙探偵事務所を

依頼先に選んでいる以上、その依頼内容も、できるだけ秘したいものだと考えられるでしょうな——同居する使用人にも、警護する警察官にも、依頼したこと自体気付かれたくなければ、呼びつけた探偵を、こっそり気付かれないように招き入れるかもしれませんな」

と、日怠井警部は専門家顔負けの解釈を見せてくれた。

お見事！　欲を言うならその手腕、僕を誤認逮捕したときにも見せて欲しかった！

「つまり、逆に言うと、依頼内容がわかれば——十木本さんが、私のクライアントだったことが判明すれば、私を容疑者とする要素のひとつの、チェックボックスを空《から》にできるというわけですね。まあ、多少苦しいですが、オオマケにマケてよしとしましょう。私が甘くてよかったですね、厄介さん」

完全に採点者の視点に立っている今日子さん。

この人は地軸か何かか。

「ふたつ目は？」

白髪の地軸から促され、僕は見様見真似の網羅推理を続ける。

「ふたつ目は、言うまでもなく、密室です——展示室という密室の中にふたりいて、ひとりが殺されていたらもうひとりが犯人という三段論法は、確かにシンプルで隙がないように思われますが、しかし今日子さんがこれまで、密室を百や二百はこじ開けてきたことを思うと、絶対とは言えないんじゃないでしょうか？」

展示室が密室でなくなれば、今日子さんは唯一の容疑者ではなくなる。

「手にしていた凶器は？　どう説明をつけます？」

これは日怠井警部からの質問。

法廷闘争から、どうやらブレストの雰囲気になってきた——アクリルガラスによって分断されているので、僕対容疑者＆刑事のコンビという、異色のブレストになっているが。

「凶器……、発見時、眠っていた今日子さんが握っていた、血まみれの凶器ですよね。ええ、確かに怪し過ぎます。でも、それは裏を返せば、眠っている今日子さんに、誰かが握らせたという見方もできるんじゃないでしょうか」

「逆に言ったり裏を返したり、厄介さんったら大忙しですねえ」

擁護する本人からの援護は、どうやら望めそうもない——僕の見様見真似がお気に召さないわけではなく、この辺は単に面白がっているようだ。

裏を返したのは僕だが、逆に言ったのは今日子さんなのに。

そんな容疑者に比べれば、日怠井警部は、圧倒的に真面目だった。

「眠っている人間に、何かを握らせることは可能なのでしょうか……？　無理矢理握らせても、すぐに取り落としてしまいそうなものですが」

うっ。鋭い指摘だ。たぶん凶器の古銭よりも鋭い——どうだろう、実際に試したことがないのでわからないけれど、確かに、眠っている人間にものを持たせるのは、絶対に不可能ではないにしても、そんなにたやすいことのようには思えなかった。

無茶をすると起こしてしまいかねないし、紐でくくりつけられでもしていない限り、本人が自分の意志で握ったと考えるのが妥当なのか——いや、それも妥当とは思えない。どうして自分と殺人とを（あるいは強盗とを）結びつける凶器を、強く握り締めたまま眠らなきゃいけないのだ——まさか、血を見てふらりと失神したというわけでもあるまいし。

『どうせ明日になれば忘れるから』と、吐き気を催すような陰惨な事件現場にも、平気で足を踏み入れる今日子さんである。

そこは専門家として保証できる。太鼓判を押せる。

「であるなら、どうして私は凶器を握り締めていたのかと同じくらい、どうして私は眠っていたのかを、考えるべきなのかもしれませんねえ」

今日子さんはヒントめかしたことを言った——だが、そのヒントの意味を考える前に、「いずれにしても、厄介さんとしては、館全体の密室性と、展示室の密室性に重きを置いて推理なさるわけですか」と、忘却探偵は、僕の見解を一言でまとめた。

「いわゆる二重密室ですね。それが鍵だと仰る」

「……はい」

警官に見張られた密室と鍵のかかった密室。

それらを解錠することができれば、今日子さんだけが容疑者という現状は打破されるわけだ。

しかし、そんな僕の事件に関する見解は、合格点をもらえなかったようで、今日子さんは口を尖らせて、

「いまいちですね。本当に厄介さんは私の専門家なのですか？」

と、辛辣な評点をいただくことになった。

いかにも失望したみたいに、わざとらしく大きなため息をついて見せる。

いや、それは元々日怠井警部が言い出したことなのだが——と、僕は言い出しっぺのほうを見たけれど、日怠井警部は僕からも目を逸らしていた。

こっちを見ろよ。

でも、この失望に関しては僕の責任か……、恩人である今日子さんの期待に添えなかったというのであれば、こんな残念なことはない。変に理屈を捏《こ》ねずに、『あなたは無罪に決まっています！　何があろうと僕はあなたの味方です！』と、熱く言い切ったほうがよかっただろうか。

ただ、往生際悪くも専門家の見解を述べさせてもらうなら、そちらのほうがよっぽ

ど、今日子さんの不興を買っていたように思う……、この人は常に、相手が信用するに足る人物かどうか、目を光らせている。『依頼人は嘘をつく』を地で行く探偵なのだ。

こうして人を深夜に呼びつけておいて、肝心の用件をもったいぶっているのは、僕が委ねるに足るかどうかを審判しているのである――今のところ、あまり調子がいいとは言えないようだ。

ただ、言いなりといっていいほど今日子さんの信奉者である僕ではあるけれど、ここで忘却探偵（と、冤罪警部）を失望させたますごすご帰るというのは、本意ではない。

できるってところを見せなければ。

恩人を助けるのには、資格がいる。

「専門家ですよ。いつか、あなたの活躍をしたためた本を出版しようと目論んでいます」

「その時点で私の専門家ではないように思いますが……」

ですよね。囲井さんにもそう伝えたいが、あの人はジャーナリストだから。

さておき、「証拠を示しましょう」と僕。

「僕はあなたが今、何を考えているのか――次に何を言うのかを、正確に言い当てることができます」

「また手品か」

と、日怠井警部が小さな声で、しかし聞こえるくらいの声で、愚痴《ぐち》っぽく呟いた——どうやら留置場で何かがあったようだ。

ただ、この申し出は、どうやら探偵の好奇心をそそったようで、今日子さんは、「面白そうですね。やってみてくださいな」と言った。

僕は咳払いをする。

とは言え、あまり気取るほどのことでもない——これまで何百何千万回と聞いてきた台詞を、オウム返しに先回りするだけだ。

「今日子さんは今、こう思っていて、こう言おうとしています——『私にはこ、、、この事件の、、、真相が』

「『最初からわかっていました』」

さすがは最速の探偵。

先回りを先回りされてしまった。

今日子さんはにやりと笑い、

「いいでしょう。私の専門家として認定しましょう、厄介さん」

と頷いたのだった。

4

日怠井警部は驚愕した。

(この事件の真相がわかっていた!?)

とんでもないことじゃないか。

何をこのふたりはアクリルガラス越しに、それで通じ合ったみたいな雰囲気を出しているのだ——気取ってフィンガーコンタクトをしている場合か。最初からわかっていたのなら、それで事件解決じゃないか。それが今日子さんの、頭の中にだけある秘密のメモだったのか——そんなもの、もうメモでは済まない。

ここに来て、まさかの疎外《そがい》感を味わわされてしまったが、ともかく問いたださねば。場合によっては、アクリルガラスの向こうの隠館青年を、こちら側に連行する必要があるかもしれない。

共犯者として逮捕しなければ。

そんな不穏な空気を察したのだろう、隠館青年は、はっと気付いたように日怠井警部のほうを向いて、「い、いいえ、これはいつもの奴です！ いつも言ってる、おなじみの奴なんです！ 本当に最初からわかっているわけじゃない奴です！」と、慌てて釈明するようなことを言った——なんだ、そういうことか。

忘却探偵のキャッチフレーズだったのか。

そういうことなら——と、冤罪製造機が心理武装を解いたが、しかし、そんな『種明かし』に、今日子さんはどうやら不満だったようで、

「はあー」

と、大きく嘆息《たんそく》した。さっきより大きなため息だ——本人の意図とは裏腹に、隠館青年に対する失望が、より大きくなったということだろうか。

「心外ですねえ。このスタイリッシュな決め台詞を、まさか段取りで言っていると思われるとは——厄介さん、専門家が専門馬鹿になってませんか？」

辛辣だ。

しかし隠館青年が苦笑いを浮かべているところを見ると、ここまでを含めて『いつもの奴』なのかもしれない、と日怠井警部は思ったが、

「だったら私のほうこそ、証拠を示しますよ」

と、今日子さんは一歩も引かなかった。

意地になっているのか？　と思ったが、彼女はこちらに背中を向けたままで、もう振り向くこともなく、

「日怠井警部。では、ちょっとまだ早いかもしれませんが、約束を果たさせていただき

ます」

と言った。

「約束?」

「すべての捜査情報と引き替えに、私の頭の中身を一部開示するという約束――私が何を隠しているのか、お教えします」

おっと。

フェイクのあとに本命が来た――ようやく。

そちらもはったりということはなかったようだ。そこは専門馬鹿、もとい専門家の読み通り、今日子さんは奥の手を隠していた。

「じゃあやっぱり、隠館さんの指摘していた通り、本来書かれていた備忘録は、左腕のプロフィールだけじゃなかったんですね?」

駆け引き上、がっついているように見えてはまずかろうと、できる限り落ち着いて、それこそ最初からわかっていたかのようにそう言うものの、しかし声がうわずるのは抑えきれなかった――対して、今日子さんはあくまで平静で、

「厳密には、文字として残されていたわけではありません。『昨日の私』からの、ダイイングメッセージは」

と答えた。

文字じゃない？　ではなんだ？

ダイイングメッセージ？　隠館青年も、これには怪訝そうな表情を浮かべている。

「どういうことですか？　今日子さん」

隠館青年が身を乗り出す。

どうやらいつも通りの『いつもの奴』ではないと、彼も思ったらしい。

「察しが悪いですねえ、厄介さん。ぴんと来ませんか？」

と、更なるため息を重ねて、

「先程来から、厄介さんが疑問を呈《てい》してらした、『どうして私が凶器を握り締めて眠っていたのか』という質問の答が、それですよ」

と、ほのめかす。

ほのめかしつつ、アクリルガラスの向こうを指さすが、このたびのフィンガーコンタクトは空振りで、隠館青年は怪訝そうな顔をするばかりで、指さしを返しては来なかった。

「……凶器が、ダイイングメッセージだったと言うんですか？　血まみれの刃物が、そのまま、メッセージ性を帯びていたとか……？」

言いながら、自分でもそれは違うと思ったようで、隠館青年は言葉を止める――そうだろうと日怠井警部も思う。

凶器がイコールで情報だったのなら、別に手に持っている必要はない——嫌でも注目することになる、それは証拠物件なのだから。なのに、今日子さんは眠って記憶を失おうと、その刃物だけは頑なに握り締めて——右手で握り締めて——右手？

「……じゃあ、つまり、重要なのは右手じゃなくて左手だったってことですか？」

隠館青年は、おずおずと言った。

「ええ」

と、今日子さんはぱーに開いた左手を高く掲げた。

そうだ。

マジシャンが右手を見せるときは、左手に注目して欲しくないとき——つまり、今日子さんが血まみれの凶器を右手に握り締めていた理由は、単純に、第一発見者や駆けつけてくる警察に、左手に注目されたくなかったからだ。

メッセージは。ダイイングメッセージは。

備忘録は——そちらの手にこそ握られていた。

「もちろん、細工としては万全とは言えませんけれどね。右手に証拠物件が握られていたのだから、左手にも何かあるんじゃないかと、念のために調べられたらそれまでなのですから。でもまあ、『昨日の私』は、血にまみれた刃物のインパクトが、騒ぎが起きてから私が目を覚ますまでくらいの時間は稼いでくれると判断したのでしょう」

いずれ窮余《きゅうよ》の一策でしょうがね——と、今日子さんは掲げた左手を、ぐーにしたり、ぱーにしたり、ちょきにしたりした。

面会室でVサインを掲げる被疑者を、日怠井警部は初めて見た。

「ペンで肌に書くタイプのスタンダードな備忘録だと、それが眠っている間に誰の目に触れるかわからないから……、それに比べて、『何か』を手の内に握り込むタイプの備忘録なら、少なくとも私が手を開くまでは、人目には触れませんよね」

そこまで説明されれば、くどいくらいだ——問題は、握り込んでいた『何か』が、何なのかだ。手のひらに文章を書いていたわけではないとして——手紙か何かか？　いや、それでは、結局逮捕時に没収される。

凶器の刃物とは違って、目を覚ましたそのとき、手に握ってでもいなければ、それがダイイングメッセージだとはわからないような物体Xだと推察される——果たして？

「…………」

日怠井警部は固唾《かたず》を呑んで、今日子さんの続く言葉を待ったが、しかし今日子さんは左手を天に掲げたままのポーズで、

「そもそも、私、ペンを持っていなかったみたいなんですよね——忘却探偵ゆえに、メモ帳もペンも、携帯はしない主義なのです。たぶんですが。被害者の血液をインク代わりにするという手も、あるにはありますけれど、さすがにそれはねえ——」

などと、くどい解説を続けている。くどくどしく。

（ん……？）

最速の探偵とは思えない、話の引き延ばしかただ。

やはり、できれば日怠井警部には、伏せたままにしておきたい情報なのだろうか？

『一部開示』などと、往生際の悪いことを言っていたし――いい加減、覚悟を決めて欲しい。ひょっとしたら、専門家である隠館青年にだけ『ダイイングメッセージ』の内容を教えたいのかもしれないが、そうは行かない。

こちらにも意地がある。刑事魂がある。

たとえどんなかすかな声で喋ろうとも聞き逃さない――『昨日の今日子さん』は、『今日の今日子さん』に、いったい何を伝えようとしたのだ？

彼女は凶器と逆の手で、いったい何を握り締めていた？

「当然、私を見つけた皆さんは右手に注目するかもしれませんが、普段から備忘録を左腕に書いていることから思うと、私は目覚めてまず、レフトサイドを注目する習慣になっているようですからねえ。記憶はリセットされても、身体的な習慣はまた別と言いますか――」

くどい。そしてしつこい。

いつまでだらだら、瀬踏みを続けるつもりだ。

まるで誘拐犯からの電話に逆探知を仕掛けているかのような――それこそ、時間稼ぎのような――ミスディレクション――

「……あっ！」

マジシャンが右手を見せるときは、左手に注目して欲しくないとき――ならば、左手を見せるときは、右手に注目して欲しくないとき！　今、そうして左手をVの字にして掲げている反対側で、今日子さんはいったい、右手で何をして――遅かった。

日怠井警部が回り込んだときには、今日子さんはその右手で、アクリルガラスを綺麗にぬぐいさっていた――何度もこれ見よがしに、失望したようなため息をつくことで曇らせていた、アクリルガラスを。

当然、ぬぐいさる前に。

右手の人差し指で――そこに書いていたのだろう、メッセージを。

アクリルガラスの向こうの専門家に。

（やけに芝居がかったフィンガーコンタクトも、ミスディレクションか――！）

さながら、電車の窓を黒板代わりにして言葉をやり取りする、高校生カップルのように――日怠井警部には知られないように、『何か』を伝達した。

（こ、このSNS全盛の時代に、なんて古めかしいやり取りを――こいつら！）

だから今日子さんは、最初から面会室で会いたいと主張していたのか――規則で言えばそれが当然なのだから特に疑問にも思わなかったが、考えたら秘密裏の面会なら、留置場でおこなったほうが秘匿性は高かったはずなのに……。

ガラスが欲しかったのか。

本来は被疑者と面会者とを隔てるために存在するアクリルガラスを、伝言板にするなんて——そりゃあ、途中から一度も、日怠井警部を振り返らないわけだ。あれは余裕の態度などではなく、自分の背中で記すメッセージを隠していただけなのだ——間抜けにも日怠井警部は、背中どころか、掲げられた左手のVサインを見ていたが、ならばあのハンドジェスチャは、そのまんまの意味だったのかもしれない。

ビクトリー。刑事に対する、探偵の。

「——隠館厄介！」

今度こそ逮捕してやろうかと、いきり立って睨みつけると、隠館青年は慌てて立ち上がる——もちろんこれは今日子さんが勝手にやったことなのだろうが、その行為を日怠井警部に教えなかった時点で、共犯関係は成立している。

そんな本気が伝わったのか、隠館青年は、

「そ、それでは失礼します、今日子さん——今日中に！」

と、面会室から、どたばたと逃げるように出て行った——逃げるようにと言うか、本当に逃げたのだろう。すぐにも追いかけたかった日怠井警部だが、だが、今度はアクリルガラスが本来の役割を果たす。

誰か人をやって——いや、面会自体非公式だ、増援は呼べない。隠館青年を面会室まで案内した監視員の若者も、今は本来の持ち場に戻っている——こじ開けた留置場の独房を、修繕中だ。

「はい。今日中に、憶えているうちに。頑張ってくださいね、厄介さん！」

今日子さんは、もう姿の見えなくなった隠館青年の背中に、そんなエールを送った。

（頑張って——？）

頑張るって、何を頑張るのだ。

さては、日怠井警部に逮捕されることを恐れて、ただ逃げ出したんじゃないな。あの青年——忘却探偵から、いったい何を託された？

5

こうして僕は、またもや忘却探偵の助手を務めることになった——共犯でも従犯でもない探偵助手を、ほとんど強制的に、警察に追われながら。

伝言を託され、一目散に逃げる先は。

もとい、一心不乱に向かう先は、コインコレクター、亀井加平さん（仮）の自宅——

十木本邸である。

第八話　掟上今日子の公務執行妨害罪
&
第九話　隠館厄介の不法侵入罪

1

日怠井警部は、憤慨すると言うよりも心底呆れ果てていた——いや、もちろん直後は、忘却探偵のあからさまなまでの背信行為に腹を立てはしたものの、少し時間をおいて冷静になってみると、そのしてやられた感を伴う裏切りが、あまりに無意味であることに気付かずにはいられなかったからだ——無意味どころか、逆効果である。まるで一杯喰わされていない。冷や飯を喰わされるのは彼女のほうだ。

隠館青年を走らせてどうする？

アクリルガラス越しに何を伝えたにせよ、彼にいったい何ができると言うのだ——警察を信用できないと言うのは、まあわかる。警察は必ずしも、創設以来ただの一度も不正工作をおこなったことも間違いを犯したこともない公明正大な組織ではない。

実際、有罪であれ無罪であれ、自身の身柄を拘束している相手にすべてを赤裸々に委ねるというのは危険だ——そのために黙秘権が設定されている。取り調べに対し、口を閉ざすことそれ自体は、罪にはならない——日怠井警部が、あるいは警部というその肩書きが信用できないならば、それはいいだろう。

余裕で享受できる範囲内だ。

騙されたこちらが馬鹿だった、探偵小説に登場する刑事のように。

そもそも、うまくあしらわれているようでいて、なんだかんだ言って、民間人の私立探偵に対して、こちらは公権力を有するような立場だ……、そこだけ取り上げても、全幅の信頼を置けというのは無茶である。

だが、それでも——代わりに委ねる相手が、『初対面』の面会相手というのは、果たしてどうなのだ？　確かに彼は忘却探偵の専門家なのだろうし、その点において、今日子さんのお眼鏡に適ったのは確かなようだが、それにしても、その正体は現在求職中の青年である。

何者でもない。

これはまるで忘却探偵らしくない、あってはならない選択ミス——弘法《こうぼう》にも筆の誤りではないだろうか？

「『弘法にも筆の誤り』？　いえいえ日怠井警部、これは『弘法筆を選ばず』ですよ——それに、日怠井警部との約束をないがしろにしたつもりもありません。これは私からすれば当然の、二正面作戦ですからねえ」

再び檻の中に戻された今日子さんは、相も変わらず、悪びれる様子がなかった——反省の色がないどころか、首尾良く目的を達成できたからか、より一層伸び伸びとしているようでさえある。

衣装は警察制服のままだ。

檻の中に警察官が閉じ込められているようで、なんだか悪い冗談でも見ているかのようだが、しかし、これも果たしていつまで保つやら……。

「今日子さん。はっきり言います——あなたの振る舞いは、もう庇いきれません」

「あら。私、日怠井警部に保護されていたんですか？　それはそれは、ご迷惑ばかりおかけしてしまって」

まったくだ。

しかしそんなひっきりなしの軽口にも、もう付き合いきれない——物事には限度がある。

忘却探偵は、日怠井警部の度量を——否、裁量を完全に超えた。

「かつてあなたと捜査を共にしたことがあるという理由で、私はこうして前任者から事件を引き継ぎました……、あなたのこれまでの功績を鑑みて、できる限りの配慮をしたつもりです」

「功績。そんなものがあるんですねえ。忘れちゃってますけれど」

「でも、もう無理です。不可能です。明朝の定時から、事件捜査は更に別の者に引き継ぐことになるでしょう――ミステリー小説じみた冗談はここまでです。名探偵が特権階級ではないということを、あなたは思い知ることになる――そうやって好きな衣装が着られるのも、あと数時間のことです。寝たら忘れる？　ここから先は、寝かせてもらえるような取り調べだと思わないことです」

「まあ怖い」

「…………」

脅しのつもりもなかったが、怯む様子もなかった――それでこそ、なのだろうが、こうなるとむしろ後ろめたいのは日怠井警部のほうだった。彼女がこれからどういう目に遭うのかを承知した上で、彼にはどうしてあげることもできない。

冤罪製造機としてさえ、機能不全を起こしていると言っていい――せめて隠館青年が、いったいどこに逃げたのか、彼は忘却探偵からどんな使命を託されたのか、それだけでもわかれば。

一応、監視員の若者に後を追わせてみたが、あれだけ出発が遅れて追いつけるとは思えない。

「あら。諦めちゃうんですか？　日怠井警部。それは困りますねえ」

「困る？　何が困るんですか」

「『弘法筆を選ばず』と言うのは、『どちらの筆も選ぶ』という意味ですよ——厄介さんに走ってもらった一方で、他方、日怠井警部にも動いてもらわなければ、私の最速は達成できません」

「…………」

「電気椅子探偵は腰掛けたままでも最速なんですよ。私が日怠井警部に、左手に握っていた『何か』の内容を伏せたのは、わざと情報格差を設けることで、日怠井警部には厄介さんとは違う方向へと走って欲しかったからです——駆け出してもらわなくちゃ困るのです。言ったでしょう？　これは二正面作戦なんです。二重の密室を、ひとつずつ解決するのではなく、同時に解錠しなければ明朝定時までに間に合いませんから。」

最速の探偵はそう言った。

2

何が二正面作戦だ、ただの両天秤《りょうてんびん》じゃないか。

そうは思いつつ、もうできることは何もないと言う無力感にうちひしがれていた日怠井警部としては、まだやることが残っていたことをほのめかされ、じっとはしていられなかった――タイムリミットまでじっくり、あるいはなすすべもなく鉄格子に張り付いている気にはなれなかった。

残念ながら、忘却探偵が日怠井警部に、何を示唆したのかはわからない――彼女はあえて多くを語らないことで、こちらをコントロールしようとしている。情報を小出しにすることで、取り調べ担当官を支配下に置こうとしている。なんとも恐ろしい被疑者だ。

とは言え、最初からそのつもりだったわけでもないのだろう――隠館青年とのやり取りを経て、途中から二正面作戦とやらに切り替えたことは間違いない。

同じ量の情報を与えれば、日怠井警部も隠館青年も同じ行動を取ってしまいかねないから、情報格差を適度に設計して、違う方向へと走らせようと目論んだ。警察を裏切るというとんでもないリスクを冒してでも、成功率の高さを選んだ――仮にそれが作戦として成立するとして、だが、この場合の成功とはなんだ？

自身が釈放されることか？　不起訴に持ち込むことか？

最低でも起訴内容を変えること――それとも、執行猶予を勝ち取ることか？

だが、今日子さんはそもそも、そういう段階の話をしていないようでもある……、『起訴されるつもりはない』と言っていたのがどこまで本気か、それとも既に始まっている法廷戦術なのかはともかく、彼女は一貫して探偵として、事件の解決のみを常に見据えているような。

うがった見方をするなら、事件を解決するために、日怠井警部からの依頼を強引な手腕で取り付けたのかもしれない――だとすると、それこそ『何のために？』だ。

（自ら罠にハマった……）

混乱した頭のままで、とにかくできること、まだやってないことから始めようと、日怠井警部は、まずは今日子さんが独房に入るにあたって没収されていた、衣服や所持品を自分の目でチェックすることにした。

今日子さんが日怠井警部にどうして欲しいのか、何をして欲しいのか、口に出してはっきりと言ってくれない以上、もう彼女のことはアテにせず、当たり前のことをするしかない（もっとも、口に出してはっきり言われていたら、逆にその通りにはしたくなくなっていただろうことを思うと、これはこれで手のひらの上だと言える）。

ただ、あながちこの所持品チェックは、マニュアル通りの当てずっぽうというわけでもない。一応、忘却探偵と、その専門家との面会劇を受けての捜査行動だ――肝心のところでお預けを食らったものの、『凶器を握っていたのは、逆の手に握っていた「何か」を隠すため』という仮説自体は傾聴に値する。本人からのダイイングメッセージ。

もしも発見されたとき、今日子さんは左手に『何か』、具体的な『何か』を握り込んでいたのだとすれば、それを処分する余裕はなかったはずだ——目が覚めたら、その時点で警察に取り囲まれていたとなれば、捨てることも隠すことも叶わなかったはずだ。

文字通り、肌身離さず。

握り込んだままでいるしかなかったはず——だからこそ、忘却探偵は抵抗せず、おとなしく捕まってみせたとも言えよう。となると、そのダイイングメッセージ、または『物的証拠』は、彼女の所持品の中にあると見るべきでは——

（『お間抜けな刑事役』らしい強引な推理だが、可能性はゼロじゃないはずだ）

だが、結論から言って目論見は外れた。

もちろん、あからさまに怪しいものなら、さすがにボディチェックの際に見つかっているはずなので、たわいのない、殺人現場で容疑者が握ってでもいなければ、他の物品に紛れてしまうくらいのものなのだろうとは予測できたが、それ以前に今日子さんは、その『たわいのない』ものさえ、持っていなかった。

ほぼ手ぶらで逮捕されたと言っていい。

秘密機関のスパイだってもうちょっと何か、パーソナリティを表現する所持品があるだろうと思われる徹底ぶりだ——これが秘密主義の頂点、守秘義務絶対厳守の忘却探偵のありようか。

（携帯電話を持っていないとか、メモ帳を持っていないとか、そういうレベルじゃない――）

服と現金以外、何も持っていない。

その服にしたって、確かにファッショナブルなそれだけれど、しかし組み合わせの妙を解体して単体それぞれで見れば、世界中どこででも手に入るような既製服だ。どこでいつ買ったのかと特定できるような限定品ではない――その上で慎重にタグの類は切り取られている。どう洗濯すればいいのかわからなくするために、ではないだろう。

現金に関しても、財布さえ持っていないという極めつけだ――お洒落にもマネークリップで留められた紙幣と、いくらかの小銭がスカートのポケットに入っていた。それほどの額ではない――が、人間が丸一日、生活するには十分な額と言ったところか。少額ながら海外の通貨が混じっているのは、いざとなれば、海外に高飛びするつもりだったと強引に穿《うが》ってみることもできそうだ……、万端の用心と見るべきか。

ドルではなくユーロというところが渋い。

あるいは単純に、ヨーロッパで仕事をしたときのお釣りなのかもしれない。

（お金とファッション以外、何も信じていないって感じだな……、こんな人から対等に情報交換をしようってほうが無理があった）

このアプローチは外れだ。

おそらく、道中に捨てても不自然じゃないような『何か』だったに違いない。無駄足を踏んだ――いいだろう、無駄足を踏むのは、刑事の十八番だ。刑事は足で稼ぐ。現場百遍――こうなれば、いよいよ殺人現場である十木本邸に向かうか？　非常識にも程がある深夜だが、日怠井警部がこの事件を担当できるのは、明日の朝までだ。忘却探偵でもないのに、タイムリミットが設けられている――四の五の言っていられない。

そうだ、それに、警察署を飛び出した隠館青年が向かう先があるとすれば、それは十木本邸なんじゃないだろうか？

一度そう直感すれば、そうとしか思えない。

現場検証のできない囚われの忘却探偵（電気椅子探偵）が、自分の専門家を現地へ派遣したのだとすれば――ならば、追いつきうる。

逮捕できる――かどうかは微妙だが（落ち着いて考えてみれば、いったい何の容疑で逮捕すればいいのだ）。

今日子さんの口を割らせることができるとは、もう思えないが、しかしあの青年が、高いレベルで秘密主義を貫けるとは思えない……、『日怠井警部が隠館厄介を逮捕する』なんて展開が、忘却探偵の思惑通りなわけはないけれど、ここまで手がかりがないと、やはりそうするしかないようにも。

そもそも二重密室を、同時に解決しようなんて無茶――

（…………）

仮にアクリルガラスに指で書かれたメッセージが、隠館青年を十木本邸に向かわせるものだったとすれば、彼が託された密室は、内側のほうだろう――展示室の密室だ。なぜなら、左手に握り込んでいた『何か』を軸に解決できる密室があるとすれば、そちらしかないからだ――『昨日の今日子さん』とて、守秘義務絶対厳守の忘却探偵である。一重目の密室――ポリスボックスの警官や、巡回のパトロールカーに見つかることなく、十木本邸に侵入できた理由が、『被害者が依頼人だったから』だとするなら、その依頼内容を、たとえどういう形であれ、自ら明かすことはないだろう。

警察が相手でも、専門家が相手でも。

なので逆説的に、メッセージの伝達を受けた隠館青年に託されたのは、展示室の密室なのだと解釈できる――となると引き算で、日怠井警部が託されたのは、外側の密室。すなわち、十木本未末氏が、自宅に今日子さんをこっそり招き入れた依頼人であることを証明する――欲張るなら、依頼内容まで知る。

知れるものなら。

忘却探偵の信義則に反するから、協力が望めないのは当たり前――か。

不安は残るものの、十木本邸に向かう前にやることができた……、考えてみれば、もしも隠館青年が十木本邸に向かっていたとしても、まさにその一重目の密室……、警察官による警護を突破できまい。

ましてや殺人事件が発生した直後の警護態勢である——それを突破できるのなら、もう彼は冤罪被害者とは言えない。

3

突破できてしまった。

もちろん考えなしだった——今日子さんに促され、十木本邸へと遮二無二走った僕ではあったけれど、公権力によって保護された敷地内に、どうやって這入るのかという点については、残念ながら何のアイディアもいただいていなかった。

ノーアイディアかつ、ノープラン。

さしもの最速の探偵も、真後ろに立つ日怠井警部の隙を突く形で、あの一瞬で伝達できる情報には限りがあったのだ——いや、そうではないのかもしれない。伝えようと思えば、今日子さんはもっと具体的なヒントを——否、どころかあからさまな解答を、あの面会室で僕に、どころか日怠井警部にだって、披露することができたはずだ。

『私にはこの事件の真相が、最初からわかっていました』——あの『いつもの奴』は、確かにいつも通りの『いつもの奴』ではあるのだけれど、しかし専門家として言わせてもらえるならば、今日子さんがあの定型句を口にするとき、まず間違いなく『最初からわかって』いたことなんて皆無だけれど（『なぜそんな嘘をつく？』と返すところまで含めて、僕のような助手役との定番のやり取りである）、しかし、あの定型句を口にした時点では、既に謎が解けていることも、まず間違いないことなのだ。

最初からわかっていたわけではなくとも、今日子さんは既に、事件の真相に到達している——ならばなぜ、それを開示しない？

警察署という密室の中で、拘束された状態で、いくら『ことの真相』を演説しても、それが揉み消される恐れがあるから——まあ歴史を振り返ってみれば、実際にそういう冤罪事件は多々発生しているので、これは心配のし過ぎとは言えない。だからこそ、僕という第三者を証人として呼び寄せたのだろうし——かつ、信頼に足るかどうかをジャッジしたのちに、走らせたのだと思う。

証拠固めのために。

隠館厄介は少なくとも走らせてもいい程度には、今日子さんから信を置かれたわけだ……、そこは素直に喜んでおこう。

だが、今日子さんの用心深さは底抜けだった。

僕は十木本邸に向かいはしたけれど、この行動が正しいかどうかの確証も、また、ないのである……、日怠井警部に背中を向け、アクリルガラス越しにメッセージを伝えるというやりかたの不確かさも、彼女は承知していて、だから、左手に握り込んでいた『何か』が『何なのか』を、ダイレクトに書いたわけでもなかった。

暗号化されていた。

具体的には次のように。

『1234』

……今日子さんが、自分の息で曇らせたガラスに、自分の人差し指で書いたのは、この四桁の数字だけだった――千二百三十四？

いや、日怠井警部が気付くのは思いのほか早かった。

ひょっとすると今日子さんは、書いている途中でアクリルガラスをぬぐうことを余儀なくされたのかもしれない――だから『四桁の数字』とは限らない、五桁の数字の途中なのかもしれないが、この場合、この展開で、『数字の並び』が示唆するものは明らかだった。

暗証番号だ。

たぶん、殺人現場である十木本邸内の展示室の。

むろん、『1234』と言えば、誕生日や電話番号と並んで、『暗証番号にしてはいけない数字』の代表格だから、この数字を更に、何らかの方程式を用いて、最適化する必要はあるのだろう——そのためには、こじ開けられたという展示室の扉を、実際に見なければならない。

現場検証だ。

……ここまでは僕と今日子さんの（一方的な）阿吽《あうん》の呼吸で察することができたけれど、じゃあ、どうやってその展示室に入室するかとなると、これは手詰まりだった。

どうしろと言うのだ、と思った。

二重密室の外側が、僕には難攻不落《なんこうふらく》の壁である——冤罪体質の青年に対し、パトロールやポリスボックスは、あまりに相性が悪過ぎる。ただでさえ、近付いただけでも逮捕されかねないのに、僕の逃亡先に見当をつけた日怠井警部から連絡が入っていれば、僕は指名手配されている。回状が出回っている。

かと言ってのんびりともしていられない。

ああも露骨に反旗を翻した今日子さんがいつまでも色鮮やかなドレスチェンジを楽しんでいられるとは思えないし、これまた日怠井警部が僕を追ってきているのなら（あるいは追っ手をかけているのなら）、早く目的を達成しないと、いずれは捕まる。

逮捕される。

僕は自分を知っている。今日子さんが僕に何を伝えたか、訊かれたら答えてしまうだろう——まして相手があの日怠井警部となれば。

究極的にはそれもやむなしだが、必ずしも今日子さんが、『囚われの身の上では、警察を完全に信用はできない』から情報の完全公開をしていないとは限らないだけに、ぎりぎりまでは粘りたい。

忘却探偵に、何か考えがあってのことなら――その考えを彼女が忘れてしまう前に、僕はできる限りのことをしなくては。

……まあ、僕に付与された情報にも黒塗りの部分が多いので、単に今日子さんは、にこにこしながら誰のことも信用していないだけとも言えるが――『1234』を表す具体的、物体的な『何か』が、何だったのかさえ教えてもらえていないのだ。

今日子さんの手のひらに収まるサイズのもので、たぶん持っていても（所持品検査で押収されても）怪しまれないようなもの……、あるいは、その辺にうっちゃって紛れ込ませてしまっても不自然じゃないもの……。

いずれはわかることなのだろうか。

それともそちら方面は、日怠井警部に捜査させようという魂胆《こんたん》なのだろうか――今日子さんが日怠井警部に、完全に腹を割ってはいないものの、やはり一定の信を置いていることは、専門家から見れば明らかだ。

いいようにあしらっているだけ、でもないのだろう……、彼には彼で、任せようとしている役割がある。

役割分担。

と言うより、なんだか、全体の仕事をバラバラに分割して采配《さいはい》することで、個々の人員には自分が何をしているのか把握できないようにしているきらいがある……、完全に秘密機関のやり口である。

ともするととんでもない犯罪に荷担させられている危険性があることを思うと、中立公正なジャーナリスト・囲井都市子さんには、もう頼るわけにはいかなかった。

いくらなんでも、彼女を不法侵入の共犯者にするわけにはいかないじゃないか。

なので、十木本邸の住所を突き止め（このくらいの捜査なら僕にもお手の物だった——住宅地図を利用した）、こうして駆けつけたものの、僕は完全に立ち往生した。

立ち往生したのは、しかし、体感的には一瞬の出来事だった。

「もし。あんた、隠館厄介さんじゃな？　ちいと一緒に来てもらおうかのう」

と。

現実という壁、いやさ現実という山に、登攀《とうはん》する手立ても思いつかずにたたずむ中、僕はそんな風に声をかけられた——終わった、と思った。

発見されないよう、十木本邸からは適切以上の距離を取っているつもりだったが、それでもまだ自分の冤罪体質を軽んじていた——おそらくは詰め所のポリスボックスや、あるいは現場保全とは関係のない、通常の深夜パトロールをおこなっている職務質問のおまわりさんに発見されてしまったのだと、僕は絶望したが（そうなると数時間は身動きが取れない）、しかし、あにはからんや、そうではなかった。

背後から僕に声をかけたのは、なんというか、簡素な和服姿の老婆《ろうば》だった——背丈は僕の半分くらいなんじゃないかという、小柄なおばあちゃんだ。

さりとて、おばあちゃんだから安心するわけにはいかない。どうやらおまわりさんではなさそうだけれど、先日僕は、『人の好さそうなおじいちゃん』相手に油断をして、とんでもなくハードな目に遭ったりしている——忘却探偵ではないから、そんなトラブルを忘れられない。おじいちゃんがおばあちゃんだったら、胸をなで下ろせる理屈はない。

もっともおばあちゃんは、『人の好さそうなおばあちゃん』ではなかった——いかにも怪しそうに、僕のことをじろじろと、値踏みでもするように、頭の先からつま先まで、ねめつけるようにする。

僕の全身をねめつけるのは大変だろうに。

かと思うと、老婆は踵《きびす》を返して歩き出す——健脚と言うか、体軀《たいく》からは考えられない、意外なくらいの早足だった。高速道路を疾走するタイプのおばあちゃんだろうか。

ああ、ついてこいと言われたのだっけ？

普通なら、深夜にいきなり声かけをしてきた老婆に、ほいほいついていくなんて、緊急下でなくとも、都市伝説を信じていなくともまったくもっての外だが、しかし彼女は僕を名指して呼んでいた。

隠館厄介。

我ながら、同姓同名の人違いとは思えない。

どの道、このまま立ち往生していたら、いずれ本当に職務質問の憂《う》き目《め》に遭うのは目に見えていたし、なんでもいいからイベントよ起これと言いたくなるほど、行き詰まっていたのも確かだ——僕は老婆のしゃきっとした背を、猫背のように身を丸めながら追った。

十木本邸を正面から、大きく迂回《うかい》するように移動しながら、老婆は、「あたしは管原じゃ。管原寿美。ぼっちゃまの乳母をしとる」と言った。

乳母？

現代ではなかなか聞き慣れない肩書きだ——古典の知識を必要とする。

今で言うベビーシッターみたいなものか？　ぼっちゃまって言うのは、でも——えっと？

僕が頭の回転の悪さを遺憾なく発揮しているうちに、老婆——管原刀自《とじ》は、僕を十木本邸の裏側にまで導いた。

そして、

「わけありの者は、この勝手口から這入ることになっとるんじゃよ」

と、管原刀自は、一見、ただの塀続きとしか思えない箇所にあった継ぎ目を、横向きに引いた——壁が動いた。

「…………」

開いた口が塞《ふさ》がらない。

勝手口と言うより裏口、いやさ抜け穴と言っていいだろう——面会室でさかんに、密室だ密室だと、ミステリー談義に花を咲かせていた僕達を、探偵と刑事と専門家を、鼻で笑うかのような展開だった。

抜け穴って。

禁じ手中の禁じ手だろう。

だが、遅まきながら、これで同時に老婆の正体も知れた。乳母だなんて言うからわかりにくかったけれど、要するに、話に出ていた事件の第一発見者——十木本邸の『ばあや』だ。

『ばあや』。

『乳母』もそうだったが、まるで浮ついていない良家感を全面に主張してくる肩書きだ——それだけで気後れしてしまう。

そんな気後れする僕を、

「ほれ、さっさと這入れや。見つかってもええんか」

と、一足先に塀の向こうに這入った彼女は、僕をぶっきらぼうに手招きした――そのつっけんどんな態度からは、あまり良家感は受け取れなかったけれど、まあ、裏口から通されている時点で、僕は『お客様』ではないのだから、こんなものなのだろう。

しかし、ならばなぜ、嫗《おうな》は僕を招くのか？

おまわりさんよりも早く、彼女に見つかった理由は、まあわかる――屋敷に近付き過ぎないよう気をつけていたつもりの僕だが、その位置は、屋敷の二階や三階の角度からだと、逆に俯瞰《ふかん》で見つけやすいポジショニングになるわけだ。

第一、大柄な僕は隠密行動には向いていない。

だが、そんな不審者を、すぐそこにいる警察官に通報せず、こともあろうか自ら邸内に招き入れようとする彼女の心中が、僕にはどうにも推し量れなかった。

それに、どうして僕の名前を。

やはり問題はそこに突き当たる。

もしかすると、日怠井警部から直接邸内に、連絡が入ったのだろうか？　隠館厄介という不審者がそちらに向かっていますと――そうされても当然だとは思うけれど、いや、だとしても僕を拘束するのは、小柄な老婆ではなく、屈強な警察官であるべきだろう。

虎穴に入らずんば虎児を得ずとは言うものの、この抜け穴に飛び込んでいいものかどうか、僕は咄嗟には決めかねた——くそう、最速の探偵である今日子さんなら、こんなところでいちいち、迷ったりはしないんだろうな。

忸怩《じくじ》たる思いを抱えたまま、僕が立ち竦んでいると、そんな僕を見かねたように管原刀自は、やれやれとばかりに肩を竦め、

「あんたのことは、ぼっちゃまから聞いとるわ。悪いようにはせん。取って食うたりせんから、もたもたせんと、急げるだけ急げや——忘却探偵の相棒」

と言った。

ぼっちゃまから聞いている？

日怠井警部からではなく？

この文脈では、『ぼっちゃま』と言うのはもちろん、被害者の高等遊民、コインコレクターの十木本未末のことを指すしかないはずだが……、彼が、つい先ほどまで亀井加平さんで通っていた彼が、僕のことを知っていた？

忘却探偵の相棒——として？

「…………」

謎は深まるばかりだったけれど、そう言われてしまうと、専門家としては、どうやらご招待に与《あずか》るしかなさそうだった。

そういった経緯で、僕は鉄壁の警護態勢を突破できてしまった——第一の密室を突破せざるを得なかった。ただし、現状、未だ十木本氏が忘却探偵に、どのような依頼をしたのかは不明なままだ。

僕をいざなう媼が、それをすんなり教えてくれるつもりだとも思えない……、第二の密室、展示室の密室の件で手一杯な僕としては、できればそちらは、日怠井警部が解決してくれればいいのにと、非常に虫のいいことを考えるしかなかった。

先はまったく読めない。

4

どうやら読めてきた。

警察官としてこつこつ進めた地道な捜査が実を結んだのだ——とは、まあ言うまい。手当たり次第のでたとこ任せ、当てずっぽうのまぐれ当たりと言ったほうが、よっぽど真実に近かろう。

忘却探偵の網羅推理ではないにしても、これは現在、日怠井警部が彼女に操られている証左とも言えた。

論考したくもない。

やったこと自体は単純だ、電話を一本かけただけである——没収された被疑者の所持品を再検査するという、結果から見れば不毛なだけだった作業を終えて、日怠井警部はふと、逆からのアプローチを思いついたのだ。

何を持っているかではなく。

何を持っていないかを考えた。

……もちろん、スパイそこのけに今日子さんは、ほぼ何も持っていなかったと言っていい。携帯電話もメモ帳も、持っているのは現金のみというストイックさ——だが、そう言えば、『あれ』がないのはおかしいと、日怠井警部は気付いた。

少なくとも以前に捜査を共にした際——隠館青年を誤認逮捕した際、忘却探偵は『あれ』を持っていた。

自身の名刺を——だ。

日怠井警部は、彼女がうやうやしく差し出した紙片を受け取った覚えがある。

（…………）

没収された手荷物の中に、名刺がないということが、どういうことを意味するのかはわからないままに（切らしているとか？　それとも、意図的に持っていなかった？）、日怠井警部は駆け足で自分のデスクに戻った。

物持ちがいいわけではないが、整理が得意なわけでもない——なので、あのときもらった名刺は、まだ引き出しの中にでも突っ込んだままになっているはずだ。

あった。

『置手紙探偵事務所所長』

『掟上今日子』

そして『どんな事件でも一日で解決します!』という力強いキャッチフレーズと(これは正しくは、『一日で解決できるなら、どんな事件でも!』であるはずだ)、住所と連絡先。

すなわち電話番号。

理屈から言えば、ここに電話をかけるのは馬鹿げている。名刺の人物は、現在地下留置場で監禁されているのだから、電話をかけたところで、受話器を取る者はいないのだ。無意味であるばかりか、時間の無駄だ。ただでさえ残り少ないタイムリミットまでの猶予《ゆうよ》を、ただただ浪費することになる。

少なくとも古今まれに見る大刑事のやり口とは言えそうもなかったが、しかし日怠井警部は携帯電話を取りだして、その番号を入力した——何かが起こることを期待して。

果たして。

「はい。こちら置手紙探偵事務所の電話番号です。今日子はただいま、留守にしております」

ワンコールで返答があった――それが期待通りであったかどうかはともかくとして。

「え――えっと」

その折り目正しさに、一瞬、マニュアル通りの留守番電話に繋がったのかとさえ思ったけれど、しかし、そんな『記録そのもの』の連絡手段を、かの忘却探偵が採用するわけもない……、このテレホンアポイントメンターは、生きた人間の声だった。

ただし今日子さんの声ではない。女性の声ですらない。

男性の、しかも低い声だ。

「ご用件がおありの場合は、どうぞお掛け直しください。どうしてもというかたは、こちらから折り返し連絡を致しますので、差し支えのない範囲において、電話番号をお教えください」

日怠井警部が無骨で骨太だとすれば、電話先で応対する人物は、実直で誠実というイメージだった――思わずすがりたくなる。

「ど、どうしても――です。しかも、連絡を待っている時間はありません」

相手は何者だろう？　置手紙探偵事務所の職員であることは察しがつくが――あの人使いの荒い今日子さんの下で、体系的に働くことのできる人材が実在するのか？　一見、忘却探偵に心酔《しんすい》していると見える隠館青年にしたって、そういう意味ではきっちり、一定の距離を置いているというのに――

（ワトソンやヘースティングスでないことは確かだ——忘却探偵に永続的な助手はいない。だとすると……）

だとすると、ハドソン夫人やミスレモンといった立ち位置の人物だろうか？　両者ともに女性だが……、その役割を男性が負って悪いということもないだろう。

「ふむ。そう仰られましても、先述の通り、現在今日子は仕事に出ておりまして——あ、いえ」

そこでなぜか、電話先の相手は口ごもった。

そしてこう続けた。

「仕事——とは言えないかもしれませんけれども、ともかく出ておりまして、戻るまでは対応いたしかねます」

知っている。現在、地下留置場でくつろいでいる。

いや、しかし、それを指して『仕事とは言えないかもしれません』と言っているわけではないだろう——ならばどういう意味だ？

足がかりをつかんだ気がした。

「失礼。私は千曲川署捜査一課の日怠井と申します」

つかんだからには離すまい——とりあえず、怪しまれて電話を切られないよう、日怠井警部は名乗った。相手の自己紹介を望んでいたわけでもなかったが、

「それはそれは、ご丁寧な挨拶、痛み入ります。こちらこそ失礼いたしました。私は今日子のボディガードを担当しております、警護主任の親切《おやぎり》と申します」

と、あちらからも名乗りがあった。

警護主任——いや、いるか。助手役や大家や秘書というよりは納得できる。極秘事項の塊みたいな忘却探偵に、それに相応しいセキュリティが存在していることはなんら不自然ではない。

留守を任されている男と言ったところか。

「しかし日怠井さま、繰り返しになりますが、現在今日子は——」

おそらく、警察からの捜査協力の依頼だと解釈したのだろう、実直で誠実な声の持ち主——親切警護主任は、申しわけなさそうに言う。申しわけなさそうにしつつも、頑として動かないその頑なさは、どこかの留置場監視役の若者に見習わせたいくらいだった。

「いえ、そうではなく——」

そこで迷う。

当然、奇跡的にラインが繋がった以上、日怠井警部はここで、親切警護主任に情報提供を求めようと考えた。

有り体に言えば、助けを求めようと考えた。

なりふり構わず——だが、ボディガードである彼に、現在忘却探偵が、強盗殺人の容疑で逮捕されていると伝えることが適切なのかどうかは、いまいち判断しかねた。

ただでさえ頑なな態度を、更に硬化させてしまいかねない。

今日子さんのセキュリティとしては、彼女が檻の中に監禁されている現状を、よしとできるわけがないだろう——現状、監禁などできていないのだという悲しい事実を、うまく伝える自信はない。

むしろ、そういう事態にならないためにも協力を仰ぎたいのだが……、なんとかして、今日子さんが今、取り組んでいたらしい仕事の内容を、このボディガードから聞き出せないものか。

聞き込み——否、これはこれで取り調べか。

電話越しでは、難易度は跳ね上がる。

(運任せか、あるいは口から出任せか——)

「現在、忘却探偵が調査なさっている、十木本未末氏からの依頼について、二、三、お伺いしたいことがありまして、お電話させていただきました」

日怠井警部は切り出した。

虚実入り混じる鎌かけ、と言うよりは八割方はったりである。

「私は現在、その件で今日子さんから、捜査協力の要請を受けていまして——」

これも嘘とは言えないが、真実とはもっと言えない。正しくは『その件』で逮捕しているにもかかわらず、『捜査協力』を依頼しているのはこちらという、こんがらがった奇妙な状況だ。

「………………」

親切警護主任から、すぐには返事がなかった。

やはり浅はかだったか。

いや、守秘義務絶対厳守の置手紙探偵事務所の性質を考慮すると、いかに専属のボディガードと言えど、今日子さんの仕事内容をまったく把握していない可能性も考えられる。考えられるどころか、十中八九そうに違いない。

ならば、このか細い糸にどうすがりついたところで、結局は被害者と被疑者の関係に辿り着くことはできないということになりはしないか――そう思ったところで、「少々お待ちください。こちらからかけ直しますので」と、唐突に電話が切られた。

かけ直す？　どうしたのだろう。郵便物でも届いたのだろうか、こんな夜更けに――といぶかしむ暇《いとま》こそあれ、宣言通り、すぐに電話がかかってきた。

ただし日怠井警部の携帯電話にではなく、デスクに備え付けの、固定電話に。

ああ、と納得する。

要するに身分確認をされたわけだ――確かに、携帯電話の着信番号で、警察手帳も見せずに『千曲川署捜査一課の日怠井です』と名乗ったところで、虚実もはったりもなく、すべてが疑わしい。

そこで、この固定電話にかけ直した着信にすぐ出られるようであれば、一定の信用はおけるというわけだ。忘却探偵の警護を担当する者、忘却探偵に留守を任される者だけあって、相応に頭が切れるらしい……、その如才なさに素直に舌を巻きつつ、日怠井警部は受話器を取った。

「もしもし、千曲川署捜査一課の日怠井です」

「……はい。親切です」

改めて名乗った日怠井警部に、親切警護主任は、少し間を置いてから、そう応じた——不自然な間だった。

（まさかコンピューターを繋いで声紋鑑定でもして、さっきと同一人物だと判断したんだろうか……？）

十分に考えられることだった、そこまではしないとはとても言えない——秘密を守る忘却探偵を守るためには、やってやり過ぎることはないようだ。となると、この分ではとても、相手から欲しい情報を聞き出すことなんてできっこないと、日怠井警部は半ば諦め、頭の中で次の戦略を練り始めたが、

「それで、十木本未末氏の依頼内容のことでしたね？　では、これからお伝えしますの

で、お手元にメモのご用意はよろしいですか？」

と。

警護主任は言った。

お伝えする？　お手元にメモのご用意？

ご用意どころか不用意なその発言に、こちらが慌ててしまった――思わず反射的に、

「い、いいんですか？」と余計なことを訊いてしまう。

「ええ」

しかし親切警護主任はこともなげだった。

「これでまたクビになりますが、どうぞお気になさらず。私はクビになるまでが仕事です」

「…………」

「いや、クビになってからが仕事なのかな。ともかく、確保すべきは私のクビよりも今日子の身の安全ですので」

「…………」

現代の民主主義国家からはおよそ生まれ得ないレベルの、ちょっと危険なくらいの忠誠心だ……、ますます、現在今日子さんが、鉄格子に閉じ込められていることを伝えづらくなる。まかり間違えばこちらの身が危険だ。

とは言え、状況がただならぬ事態であることは、あちらさんも既に理解しているようだ――してみると、こういうことが起こる予感はあったと言うことか？

「それに、ご承知とは思いますが、私が知っているという時点で、これから話すようなことは、秘密でもなんでもありません。それでもよろしければ」

「も、もちろんよろしいです。是非もありません――」

「十木本家の御曹司《おんぞうし》、十木本未末氏が今日子に依頼していたのは、コレクションのお手伝いですね」

てきぱきと、もったいつけずに、しかし気ばかり急く日怠井警部とは好対照のマイペースで、親切警護主任はそう言った――コレクション？

ああ、被害者にはコイン蒐集家としての側面もあるんだったか……、そうか。

あっさり言われてしまったけれど、言われてみれば、それしか考えられないという依頼内容である。

これまで、なんとなく忘却探偵は刑事事件しか担当しないのだと思い込んでいたところもあったけれど、彼女は別に、刑事部の刑事じゃない。調査全般を仕事としているのならば、人捜しやペット探しをするのと同じように、稀有《けう》なコイン探しをすることだって探偵の業務になるだろう。

今の今まで思いつかなかったのが不思議なくらいだけれど、しかし、依頼の内容が何だったのかというのは、日怠井警部にとっては、そんなに重要ではない——訊いておいてなんだが、要は『被害者から被疑者に依頼があった』ということさえ立証できれば、それで満点なのだ。

これで第一の密室は突破したも同然である。

館の内部、それも館の主人からの手引きがあったのだとすれば、ポリスボックスや巡回の目をかいくぐって、家の中に這入ることはそんなに難しくない。

（まあ裏口や抜け道があるなんてことはないだろうが——）

十木本氏がそんな風にこそこそしたのも、自然と言えば自然である。

なにせ、彼の生きがいであるコレクションに関わることなのだから。高等遊民にしてその業界の有名人である十木本氏のこと、『彼が何を探している』とか『彼が何を手に入れた』とか、そんなうっすらとした情報が出回るだけでも、世間をお騒がせすることになりかねないのだろう。

それゆえの忘却探偵か。

名刺を持っていなかったのは、守秘をより徹底するため……？

密室での密会。

（どうやら、読めてきた——）

ようやくパズルのピースが、一つはまったような気分に浸ることができた日怠井警部

だったけれど、

「ただし、これは表向きの依頼でしてね」

と、親切警護主任は続けた。

「真相は他にあります」

他にあるの？

5

真相は他にあるらしい。

そう思わざるを得ない現状だった——現状と言うより異常である、そもそも僕のような高等遊民ならぬ一般庶民には、かように豪奢《ごうしゃ》な邸宅に足を踏み入れる機会など、そうそうない。

外観をうかがったときは、ミステリー小説に登場する館みたいだと思ったものだが、裏口から中に這入ってみれば、そんな範囲を逸脱して、世界遺産の宮殿みたいだった。壁も天井も、階段も手すりも、歴史を経てくすんでいるはずなのに、どこか輝いて見えるこの感じ。決してオーナメントではない暖炉やビリヤード台があったり、すべてが立派に時代がかっている。

実際、管原刀自の話によれば、海外から移築された歴史のある建築物らしい――『だから気軽に触るな』と釘《くぎ》を刺された気分になった。もっとも、階段の脇にはエレベーターが設置されていたり、あちこちに最新型の空気清浄機が配置されていたり、ところどころは近代的に改築されているようだが……。

廊下の壁には肖像画まで飾られていた。

何枚も並んでいて、最初は、素封家だという十木本家の歴代のご先祖さまを称えているのかと思ったが、どうやらどの絵も、同一人物を子供時代から順に描いたものらしい。媼に連れられ、絵画を辿るように廊下を歩くと、四十絡みくらいの壮年が最後の絵だったことを思えば、どうやらこれらは、今回殺害された屋敷のあるじ、十木本未末氏の肖像のようだ。

もちろん絵画なのだから、ある程度美化されているというのもあるのだけれど、見とれてしまうほどの渋い美男だった。

これもまた家柄が出ていると言うのか、中世の貴族を思わせる佇まいだ。

亀井加平という仮名から始まって、本名を知ったのちも、ずっとぼんやりしていた『犯罪被害者』の実像が、ようやく視覚的にも結ばれたわけだ――と、息を呑むと同時に、僕は不穏な気分も抱かざるを得ない。

うーん。

いやあ、いいんだけれど、それは個人の自由なんだけれど、自分の家の廊下に、自分の肖像画を年代別に並べて飾るって、いったいどういう自意識なんだろう……？

一般庶民には理解しがたい感性だ。

言うなら、奥は深いが闇も深そうな……。それでいてどこか、底が浅いような……。

「どうかしたんか？　この部屋じゃ。ここで話そうや、這入らんかい」

僕がつかの間足を止めると、すぐに前方の老婆から、そんな棘のある声が飛んできた——僕が『ぼっちゃま』に、そういうつもりもなかったが、批判的な感想を持ったことを目ざとく見抜いたのかもしれない。

この好機を逃してはならないとばかりに、導かれるままに屋敷に飛び込んでしまった僕だけれど、考えてみればこのおばあちゃんは事件の第一発見者なのだ——つまり、今日子さんを逮捕させた張本人でもある。

彼女の立場からしてみれば、幼少期から乳母として育ててきた『ぼっちゃま』を、『今日子さんに殺された』と思っていて、なぜか僕のことをその『相棒』だと思っている——取って食うつもりはないと言っていたけれど、その辺の事情を鑑みると、僕はここで『復讐《ふくしゅう》』を受けてもおかしくない。

思わず震え、後ろを振り返ったり、周囲を窺ったりしてみるも、邸内には、他に人はいないようだ。どうやら屋敷内には警察官を入れない方針らしい——逆に言えば、屋敷の中は治外法権、否、無法地帯である。

一度、密室の中に這入ってしまえば、すべてが密室の中での出来事——あまりに考えなし過ぎたか。

乳母と言うなら、身内みたいなもの。

たとえ今日子さんが有罪だったとしても、僕が被害者遺族による私刑の犠牲になるなんてのは、それはそれで冤罪みたいなものである——それとも、相棒もまた身内みたいなものなのかな？

気になるのは、やはりそこだ。そこさえクリアであるなら、僕だって誘われるがままに、こんな得体の知れない伏魔殿みたいな密室に這入ったりはしなかった——『ぼっちゃま』が僕のことを知っていたのは、どうしてなんだ？

わからないままに通された、三階奥のその部屋は、どうやら客間のようだった。今風に言うなら、ゲストルームと言ったところか——ホテルの一室みたいだ。これは僕を客として扱っているわけではなく、単に、一番目につかない奥の部屋に案内したということだろう——屋敷の外を見回る警察官の、目につかない奥の部屋に。

「何もてなせんが、構わんな？　お前もお茶を飲みに来たわけやないじゃろ」

管原刀自はそう言って、分厚いテーブルを囲む椅子に座る——戸惑いつつ、僕も同じように、彼女の正面になる椅子へと腰掛けた。

確かにお茶を飲みに来たわけではないが、息を呑まずにはいられない。

これから何が始まるんだ。最悪の事態は想定しておかないと。

既に事態は十分最悪という気もするけれど。

「ふん。ぼっちゃまの言うとった通り、挙動不審の塊のような男じゃな、お前」

と。

おどおどとした僕の態度に、老婆は軽蔑心を隠そうともせず、そう切り出してきた――フランスで好々爺《こうこうや》に騙されて、お次は故国で意地悪婆さんにいじめられている気分だったが、またしても『ぼっちゃま』か。

どうして会ったこともない、ついさっきまでそのご尊顔も、一時間前まではお名前も、半日前まではその存在も存じ上げなかった御曹司が、僕を評するのだろう。それも辛口に評するのだろう――僕ってそんな有名人だったっけ？

どうもかみ合わない。

仮に十木本氏が今日子さんの依頼人だったとして、何らかの依頼をするにあたり、忘却探偵の信憑性を調査したのだとしたら（調査を依頼する前に、探偵本人を調査したのだとしたら）、まあ、常連客としての僕が浮かび上がってきても不思議じゃあない……、のか？

守秘義務絶対厳守の探偵事務所と言えど、僕のようなお得意様はやっぱり特殊だし、たとえ今日子さんのガードが鉄壁であれど、それ以外の周辺から、事情というのは漏れることはある。極論、当事者の僕は、今日子さんが忘れたところで、解決を依頼した事件の内容を覚えているし、その経験談を、友人にぽろっと話すことだってある。友人がその打ち明け話を、そのまた友人に、どばっと漏らすこともある。だから、依頼内容の詳細までは探れなくとも、依頼人である僕のことを探ることくらいなら——いやでも、それだって、滅茶苦茶大変な調査になるぞ？

その調査のために、別の探偵を雇わねばならないほどの調査になる——そりゃまあ、こんな屋敷に住んでいるくらいだ、お金は無尽蔵にあるのかもしれないが……。

しかも僕を『常連客』ではなく『相棒』と認識しているということは、僕の依頼内容まで探っているという可能性さえある。たとえば最近で言えば、それこそフランスでの出来事……、いや。

たとえ僕が誰から、どうして、どのように評価されていても——極論、冤罪まがいの偏見を持たれていたとしても、今、この状況で、僕には絶対に言っておかねばならない言葉があった。

何をするにしても、あるいは何をされるにしても、まずはここからだ。

「……まずは」

「うん？」

「まずは、その……、お悔やみ申し上げます。十木本未末さんのこと、ご愁傷様《しゅうしょうさま》でした」

僕は言った。まずはここから。

正直なところ、そんなことを言っている場合かという常識的な判断も働かないではなかったけれど、しかしどうあれ、人が死んでいるのだ。どういう人物だったとしても、その人物にどう思われていたとしても、ここをなおざりにはできない——まして僕の正面に座る、悪態をついていると言ってもいい偏屈《へんくつ》そうな老婆は、身内同然の『ぼっちゃま』を亡くした直後なのである。

正常な精神状態であるはずがないし、そのほうがおかしい——冤罪体質の僕や、それを生業《なりわい》とする今日子さんや日怠井警部ならまだしも、普通の人間にとって、『事件』とは、それだけで未曾有《みぞう》の大事件なのだから。

まして強盗殺人事件だ。

悪態も偏屈も、大目に見てあげるべきではないのか——思えば、『第一発見者を疑え』なんて、とんでもなく無神経なフレーズである。

ただ、やはりこんな切羽詰まったシチュエーションでエチケットを重んじることは的外れだったのか、管原刀自は虚を突かれたように、きょとんとした表情を見せた。

それから呆れたように、「初めて言われたな。そんな社交辞令」と苦々しそうに言った——その台詞の調子からすると、呆れたのではなく、嘲《あざけ》ったのかもしれない。

空気を読めない発言は、何と言われても性分なので仕方がないにしても、しかし、

「……？　初めて？」

という部分は、腑に落ちなかった。

いや、そんなはずはないだろう。

別に被害者の十木本氏は、天涯孤独《てんがいこどく》の世捨て人というわけじゃないんだから、その非業の死に、哀悼の意を示す人くらい——たとえ警察が、この件を報道発表していないにしても、近しい者には伝わるわけで……。

……伝わっていないんじゃなくて、いないのか？

近しい者が？

そう思い立ったところで、改めて僕は、屋敷の中に誰もいないという事実に気付く
——事実の異様さに気付く。

警察官が邸内に配置されていないというのは、まあわかる——けれど、こういうときには被害者の親族が、何を置いても駆けつけているべきではないのか？　天涯孤独の世捨て人どころか、名のある良家、メガバンク創業者一族の出なのだから——否。

うぶな振りをすることこそ残酷だろう。

高等遊民とか道楽息子とか、趣味人とか蒐集家とか、それらの肩書きとも言えないよ

うな肩書きに、あまりいい印象を持っていなかったのは、僕だって同じじゃないか――

たとえ親族が彼のことを疎ましく思っていたとしても、それに眉を顰める資格は僕にはない。

哀悼の意どころか。

死んでせいせいするくらいに思っていたとしても――そう考えると、他にも屋敷に住み込みの使用人はいたはずなのに、『ばあや』である管原刀自以外は出払っているという状況も、もの悲しさを加速させる。

密室の中――家の中。

では、先ほどの嘲ったような表情は、自嘲の笑みだったのだろうか。自分が手塩にかけて育ててきた『ぼっちゃま』の死を、初めて悼《いた》んだのが、僕のようななんだかよくわからない奴だという現実に――

「あの……、なんて言ったらいいか」

「そんなお前じゃから、ぼっちゃまは敵視しとったんじゃろうな」

謝っていいものかどうかもわからずに、あたふたした僕を（『挙動不審の塊』だ）遮って、老婆は言った。

「て……、敵視されてたんですか？　僕は」

なんだそりゃあ。

　こちらとしては、同情の気持ちさえ湧いてきていた矢先に、ただ僕を知っていただけでなく、敵視までされていたなんて情報は、およそ聞き捨てならない――周囲からあらぬ疑いをかけられることには、もう慣れっこと言っていい隠館厄介だけれど、しかし、周囲でもない見ず知らずの他人から敵視されていただなんて、さすがに納得できない。

　白眼視ならまだしも……。

「敵視は言い過ぎじゃな。らいばる視、くらいのもんかもしれん」

　あまりに僕がショックを受けたのを見てられなかったのか、管原刀自は、いかにも慣れない横文字を使って言い直してくれた――ただ、それで衝撃が緩和するというようなこともない。

　いったい何で？　大銀行の創業者一族が、どう見ても暮らし向きに何の不自由も不満も抱えていなそうな貴族然とした男性が、どういう事情で無職の冤罪体質の男性を、敵視――ライバル視していたというのだ？

　いや、強盗殺人事件の被害者になった彼を、まるでミステリー小説の登場人物表に載っている『第一の被害者』みたいな、書き割りみたいなプロフィールでのみ理解するのは正しくなく、高等遊民には高等遊民としての懊悩《おうのう》や苦悩があったのだと受け止めるべきだったことは理解したけれど、それでも、だからと言って、僕が幸福の絶頂を極めた人生を送っているわけでないことは確かである。

敵視される覚えなんてない。

僕は何ひとつとして、彼を脅かす立場にはないのだ——数々の冤罪をかけられてきた僕ではあるが、こんな斬新な形での言いがかりは初めてだった。

「言いがかりとは、随分じゃやな。ぼっちゃまの気持ちも知らんと」

「い、いえ、そりゃまあ、知りませんけれど——でもまったく身に覚えがないんです」

なんなら探偵を呼ばせてくださいと、ほとんど喉《のど》のところまで出かかったところで、管原刀自は、「お前は、ぼっちゃまがなりたあてなりたあて、しょうがなかった男なんじゃ——忘却探偵の相棒」と言った。

吐き捨てるように——切り捨てるように。

鈍い僕を鋭く切り捨てるように。

「……ひょっとして」

相棒。忘却探偵の相棒。

しかし、執拗にそう繰り返されることで、ようやく僕は、合点がいった——よもやと思いつつ、しかし確かに、もしも冤罪体質の僕に、何か誇れることがあるのだとすれば、それしかないと言えば、それしかない。

「ひょっとして十木本氏は——忘却探偵の相棒に、なりたかったんですか？」

第十話　掟上今日子の相棒

&

第十一話　隠館厄介の相棒

1

日怠井警部は、

（まったく共感できない——）

と思った。

いや、共感できないどころか、反感を覚えるレベルの理解不能である——こともあろうか、忘却探偵の相棒になりたいと望む人間がいるだなんて。こちとら、名探偵のかませ犬になりたくないというモチベーションで、こうして躍起になってやきもきしているようなものなのに、まるで真逆じゃないか。

いったい何を考えているんだ。

いや、いったい何を考えていたんだ、その依頼人は——その被害者は。

「ええ。とは言え、最初は十木本氏も、純粋な依頼人だったようなのです。ボディガードとしての私のセンサーにも引っかかりませんでした。普通に、コレクションの更なる幅を求めて、今日子のスキルを――捜索のスキルと忘却のスキルを――求めていただけでした。それ以上でもそれ以下でも、それ以外でもありませんでした」

親切警護主任は淡々《たんたん》と言う。

その声色からは、彼自身がこの件について、どう思っているのかは判然としない――十木本氏の気持ちが、理解できるのかどうか。

「ただ、どうやらそうやって、コインの蒐集に名探偵の力を借り続けることで、魅了されてしまったようですね――名探偵という生き方に。忘却探偵という生き様に」

「……………」

そんな馬鹿げたことがあるはずがない――と、反射的に、そして感情的に声を荒らげたくなったけれど、しかし理性では、一概に否定できないとも思う。

実例を見ている。

隠館青年の例はやや極端にしても、千曲川署の中にも、彼女に対して職務を逸脱しない範囲で、協力的な警察官が若干名以上、いるようだ。むろん大多数にとって、彼女はひとりの容疑者でしかなく、扱いかねる被疑者でしかないが、鉄格子の中でさえ失調せず、伸び伸び暮らしている風に見える彼女のありようにおかしな憧れを抱く者がいたとしてもおかしくはない。

「まあ、相棒というミステリー小説めいた言いかたをするから少しわかりづらいかもしれませんが、でしたら便宜的に、『恋人になりたい』や『彼氏になりたい』と置き換えてみると理解の一助になると思います。その器量に惚れ込んだという意味では、まったく同じでしょうからね」

「…………」

そう言えば、推理小説では名探偵の助手のことを『女房役』と表現することもあるのを、日怠井警部は思い出した――うーん、まあ、そう言われれば……、理解しやすくなっただけで、事実とはまるで違うのだろうが……。

良家のボンボン、世間知らずの趣味人が、三十代を過ぎてから出会った守銭奴の異性にぞっこんになってしまうなんてのは、よくある話と言えばよくある話である。警察署全体を手玉に取るような今日子さんにしてみれば、そんな高等遊民の相手など、赤子の手をひねるようなものだっただろうし……。

「おっと、誤解があるかもしれませんので、早めに訂正しておきますね。なので今日子は、このクライアントからは、二回目以降は、依頼料をいただいておりません」

「なっ……！　ありえない！　嘘をついているに決まっています！」

思わずむきになって頭ごなしに否定してしまった。

独房の中からさえ依頼料を要求したあの探偵が、金持ちからもらえる金員をもらわないなんて！

が、さすがにすぐに冷静になる——二回目以降？

「はい。なので、私がこうしてぺちゃくちゃ喋ってしまっても、信義則違反にはならないわけです——金銭のやり取りが発生していない以上、彼は置手紙探偵事務所にとって、お客様ではありませんから」

関係ありませんから。

と、親切警護主任。

「十木本氏は一度目の依頼以来、何度も何度も、忘却探偵にコレクションの蒐集協力を依頼してきました——要は口実であり、名目です。そうすれば、今日子を自宅に招くことができますからね。しかも秘密裏に。周辺をパトロールする警察官の目をかいくぐって邸内に今日子を招待するときには、逢《あ》い引《び》きでもしている気分だったのではないでしょうか」

……邸宅という密室を、気持ちを盛り上げるための舞台装置として使っていたのだろうか。だとすると、同じ警察官として忸怩たる思いだ。

「とは言え、まったく今日子はつれなかったようですので、逢い引きにはなっていないわけですが——しかし何度袖にされようとも、忘却探偵は翌日には、アプローチがあったこと自体、忘れてしまいますからね。コイン蒐集の依頼だと呼び出されれば、何度でも出向きます。十木本邸の展示室とやらに」

「…………」

同じ女性に振られ続ける富裕層と聞くと、なんだか滑稽にも聞こえるが、しかしどこか笑えない執着心も感じる……、並々ならぬ蒐集欲にも通じる、執拗な相棒への希望。

どことなく、事件の火種になりそうな気配を。

「ええ。なので、十木本氏の件はボディガードたる私の知るところとなったわけです。もっとも今日子は、ほとんど危機感を持っていませんでしたがね」

「危機感……」

そりゃあ忘れているのだから――毎回『初めまして』なのだから――と思ったが、ことはそう単純でもなさそうだ。だったら二回目以降だって、依頼料は受け取ってもいいはず――それをしていないということは、依頼が口実や名目だと、そのたびごとにずばり看破しているということである。

ひょっとして名刺を持っていなかったのは、電話で依頼を受注した時点で、これは『仕事』ではないと、看破していたから？

土台、名探偵を騙すなんて無理なのか。

「ええ。『依頼人は嘘をつく』が今日子の信条ですからね。ただ、それはそれなりに楽しんでいたみたいですよ」

「？」

「口説《くど》かれて嫌な気分になることはないそうです」

悪女か。

そこで、ふいに彼のことを思い出した――忘却探偵の専門家、隠館厄介。

偽《にせ》の依頼を持ち込むクライアントだった十木本未末氏に比べて、毎度毎度濡れ衣を着せられて、そのたびに探偵に助けを求める冤罪体質の常連客は、何不自由なく暮らしていた高等遊民にとって、初めての嫉妬《しっと》の対象だったのではないだろうか。

敵視していても。

恋敵として見ていても、不思議ではない。

2

なんとも不思議だった。

不思議を飛び越して理不尽でさえある。

管原刀自は言葉少なで、大部分は想像で補うしかなかったせいでもあるけれど、しかし仮に筋道立てて説明されたところで、十木本氏の心理状態は、理解しがたい。

だって、置手紙探偵事務所の常連客であり、忘却探偵の助手役を務める頻度の高さを羨まれるというのは、僕にとっては、不幸や不運を『いい気なもんですね』とやっかまれるのと似たようなものである。

いいことなんてひとつもないのに。

いや、まあ、ひとつもないってことは、うん、なかったかもしれないけれど……、しかし代償として、毎度毎度人生の破滅がかかるというのは大き過ぎる。苦渋を嘗《な》め、屈辱を味わうことを、僕の人生のハイライトみたいに言われても。

ハイリスクであってハイライトではない。

たとえ助手としてどれだけ貢献しても、あるいは『相棒同士』として通じ合ったみたいな気持ちになっても、明日には今日子さんはそれを忘れてしまうのだから尚更《なおさら》だ――お得意様としてさえ、僕は彼女の記憶には残らない。

――が、これまた推測でものを言うしかないけれど、十木本氏にしてみれば、それがよかったのかもしれない。

忘れてもらえることが、彼にとっては何よりも救いだったのかも――これは何も、『何回振られてもやり直せる』というような、即物的な、あるいは俗物的なことを言っているのでなく（むろん、それもあるかもしれないが）、もっと切実な願いである。

門閥《もんばつ》の放蕩息子として。

お金があっても幸せじゃないとか、お金があっても楽じゃないとか、そういう考えかたは、基本的にはあまり好きじゃない――だって、お金があるのは、幸せだし、楽だから。だけど、幸せなことは必ずしも幸せではないし、楽だからと言って常に楽とは限らないのも、また真理なのだ。

十木本氏が親類からどのような目で見られていたかを思えば、あるいはこういうときに駆けつけてくる友人縁者の類がひとりもいないことを思えば、半ばで終わった彼の人生が、自己肯定感にたっぷり満ちていたとは思いにくい。

廊下にずらりと飾られた肖像画も、そうした前提で見ると、やはり常軌を逸している。

それゆえに。

そんな自分を忘れてくれる今日子さんのことを、彼が愛《いと》おしく思ったとしても不思議はない――不思議なのは、あくまで、彼が僕になりたがっていたという点のみだ。

そもそも、今日子さんへの愛着が行き過ぎて、その周辺にちらつく僕のことまで調べ上げるような偏執は、若干ストーカーの域に達している。同じ今日子さんのファンとして、シンパシーを抱くことはできそうもない……、囲井さんだって、きっとそう言うだろう。

展示室。

客間に腰を下ろしてから程なく、管原刀自に案内された地下階の展示室の様相を見ると、尚更その不思議を痛感した。

圧巻である。

展示室と言うより、それはもう博物館の域だった――この空間を個人が所有し、管理していたというのが信じられないし、感心すると言うよりも、ちょっと引いてしまうくらいだった。

貯金残高というストッパーがないと、趣味はここまで行きついてしまうのか。

所狭しと壁一面にアルミニウムではない金属製の棚が埋め込まれていて、そこに古今東西の硬貨がずらりと、珍しいそれから、今も普通に流通しているなじみのあるそれまで、等間隔に、ある種平等に、定規で計ったようにきっちりと並べられている――図鑑や目録でも見ているかのようだ。

こうして見ると、硬貨が単なる金銭ではなく、それぞれの国家や文化圏の象徴、芸術品であることをつくづく思い知らされる。この展示を、端から端まで眺めるだけでも、人類史におけるコインの歴史を詳細に学ぶことができそうだ――それにどれだけ時間がかかるか知らないが。

ルーブル美術館を全部見尽くそうと思えば一週間以上かかると、フランスで今日子さんが言っていたけれど、この展示室を網羅するのは、最速の探偵と言えど、一日仕事では済まなかったんじゃないだろうか？　いつぞや、須永昼兵衛の著作を全部読もうとしたときみたいに、徹夜続きになるのでは――

……こういう、『忘却探偵の助手としての活動』を回想できることが、十木本氏に敵視される理由だったとして。

それにしても、とんでもない。

趣味人、遊び人というような言葉から想起される、大らかなイメージなんて、この展示室には欠片《かけら》もなかった——恐ろしく神経質で、妄執《もうしゅう》にとりつかれていたとしか思えないようなコレクションの整理整頓ぶりだ。

並べかた、インデックスそのもののような陳列法もさることながら、この部屋の状態管理も飛び抜けている。温度や湿度、果ては気圧に至るまで、完全にコンピューターで管理して、コレクションが傷まないように気を遣っている。

管原刀自の話によれば、身の回りの世話をすべて使用人に任せていた『ぼっちゃま』も、この部屋についてだけは、むしろ他人には指一本触れさせなかったそうだ——生前は部屋に立ち入ることすら許さなかったらしく、彼女も今朝初めて、『第一発見者』として、ここに踏み入ったとのことだった。

コレクション仲間にさえ開示せず、だから、ここに這入ったことがあるのは、十木本氏と——そして白髪の忘却探偵だけだったのだと言う。

誰にも見せない、共有しない、自分だけのコレクション。それが逆にコレクター業界に噂を呼んでいたというのも、なんだか皮肉な話だが——それだけ彼にとって。

今日子さんは特別だったわけだ。

僕を敵視するように——今日子さんを特別視していた。

「『僕のコレクションを全部あげる』」

と。

菅原刀自は、『ぼっちゃま』の言葉を引用した。

「『受け取ってくれるだけでいい。相棒なんていらないと言うのなら、せめて毎日、きみを雇わせて欲しい』——と、ぼっちゃまはそう仰っとった。あの探偵に」

「…………」

全部。

全部って、どれだけの値打ちだ？

ここまで偏執的に蒐集したコレクションを全部投げ出してもいいと言うほど、今日子さんにお熱だったと言うのもすさまじい話だ——老いらくの恋と言うほどの年齢でもあるまいが、分別のある大人の熱意としては、いささか激し過ぎる。

ちらりと壁面の一角を見る。

僕にコイン の専門知識はないけれど、その辺りに飾られている大判小判が詰まった千両箱だけでも、僕の年収を……、否、生涯賃金を凌駕《りょうが》するだろうことは、想像に難くない。囲井さんは、億の値打ちがあるコインだってあると言っていたが……。

「おい、気ィつけや。足下」

「え。あ、っと」

危ない。そうだった、ここはコレクションの展示室であると同時に、殺人現場でもあるのだった――考えなしに歩き回れば、現場を荒らすことになりかねない。

僕がふらふらと足を踏み下ろそうとしていた大理石の床には、マスキングテープで人の形が描かれていた――ぱっと見、血痕こそないが、どうやらここに十木本氏は倒れていたようだ。

刺殺なら一面血の海になっていてもおかしくはないだろうが、失血はそれほどでもなかったのか……、そう言えば、直接の死因は、失血死ではなく刺傷による心因性ショックなのだっけ……、刺傷……。

「…………」

敵視までされていると判明した以上、偽善的と言われるかもしれないけれど、まあ、ここで両手を合わせるくらいのことをしても、罰が当たりはしないだろう――被害者の冥福《めいふく》を祈った人間が、乳母ひとりと言うのでは、やはりあまりに切な過ぎる。

……今日子さんはどうだったのだろう？

目が覚めて、記憶がリセットされた状態で、血の海ではなかったにせよ、すぐそばに『見知らぬ男』の死体があったら――それどころじゃなかっただろうか？

いや、あの人のことだ、状況はすぐに理解したはず。

右手に握り締めていた凶器、そして左手には——『昨日の私』からのダイイングメッセージ。

『１２３４』。

そうだ。それだ。

どうして今日子さんが、資本主義経済の申し子ともいうべき今日子さんが、お金の奴隷を自任する今日子さんが、そこまでの熱烈な求愛を拒んだのかという疑問も当然発生するにしても、今僕が担当している疑問は、第二の密室、この展示室の密室である。

こじ開けられた扉は外され、室外に裏向きに転がされていた——それこそ金庫のそれのごとき、丸く分厚い鉄扉《てっぴ》だった。

密室性を担保するあの扉。

銀行の金庫の扉をそのまま持ってきたかのような。

留置場ではないにしても、地下ゆえに、窓もなく、換気口《かんきこう》なども とても人が通れるサイズではない——唯一の出入り口。

「——管原さん。そろそろ教えていただけませんか。どうして僕を、こうして屋敷に——のみならず、禁断の展示室にまで、招き入れてくれたのか。何か、僕に言いたいことがあったんじゃないですか？」

僕は振り向いて、そう言った。

『ぼっちゃま』がライバル視していた男の顔を見たかっただけ――ではないはずだ。彼女は、僕を忘却探偵の相棒だと認識した上で、僕を秘密裏に、邸内へといざなっている。そうするつもりだったのなら、先の客間でそうしていればよかったのだから、どうやら復讐劇、私刑の類はないとして――じゃあ、なんのために？

「ぼっちゃまは、うまいこと隠しとうつもりじゃったやろうけれど……、ここそとあの探偵とつるんどったことは、あたしにはお見通しじゃった。あえてそれを、ポリに話しはせんかったが」

「……………」

警察官を『ポリ』と略す言いかたには、敬意がこもっているとは言い難かった……、警護してくれているパトロール警官達とは、十木本邸の住人は、あまりいい関係を築けていなかったのかもしれない。

まあ、庶民の勝手な想像だけれど、高等遊民を警護するというのは、あまりモチベーションの上がりそうな仕事でもないし、そこはお互いさまなのか？　なんにしても、『ばあや』は、主人と探偵との関係については、知っていて黙認していたということらしい。

先ほどのコレクション譲渡の申し出も、立ち聞き……ありていに言えば、盗み聞きしたものか。それはそれで探偵じみている。

そしてそんな『ばあや』は、沈痛《ちんつう》な面持ちで言う。

「……あたしは、確かに第一発見者じゃけど……、そいで、表のポリに通報したんもあたしじゃけど、そいでも、あの探偵が犯人じゃとは、どうしても思えへんのじゃ。うんにゃ……、思いとうないんじゃ」

管原刀自は、慎重に言葉を選ぶようにした。

「そりゃまあ、誰が見たって、あの白髪のお嬢ちゃんが犯人じゃろ……、手に血まみれの刃物を持って、密室の中でふたりきりじゃったんじゃからの」

言って彼女はひょいと腕を上げ、展示室の左側、なんと言えばいいのだろう、古銭コーナーの一角を指さした——規則正しく陳列された硬貨に、ぽっかりとひとつ空きがある。

周囲の古銭の形状から判断するに、そこに並べられていたのが、問題の刃物——凶器となった刀剣型の硬貨らしい。そこが実際の博物館との違いだろうが、ガラスケースに納められているわけじゃないので、取ろうと思えば、どの硬貨も——刃物も——簡単に手に取れるわけだ。

取ろうと思えば——盗ろうと思えば？

いや、でも、その気になれば、刀剣型の古銭はおろか、この部屋にあるすべてのコレクションを手に入れることができた今日子さんが、どうしてそれを、手に取ろうと思う？

そして老婆の言葉選びも気がかりだった。

思えないのではなく、思いたくない――今日子さんが犯人じゃないと思うから、その『相棒』である僕に、情報提供とは言わないまでも、捜査の機会、現場検証の機会をくれたのだとしても――思いたくない理由とはなんだろう？

なんとなく想像がつく。嫌な想像だが。

何度も何度も、仕事にかこつけて忘却探偵を呼び出してはアプローチする『ぼっちゃま』が、もしも力尽くで今日子さんに迫ったとして、そこを返り討ちにあった――と言うような正当防衛を、ふたりの関係をひっそりと知っていた管原刀自としては考えないわけにはいかないからだ。

そんなことがあったなんて、思いたくないのは当然だ。僕だって思いたくない。けれど、十木本氏のパーソナリティを聞いてしまうと、ありそうな真相にも思えてしまう――正当防衛の可能性は、今日子さんと日怠井警部の間でも、網羅推理の過程で話題に上ったはずだが、仮に、成立した密室が、今日子さんを閉じ込めるためのものだったとしたら？

『ふたりきり』の意味も変わってくる。

「なんじゃったら、あとでぼっちゃまの部屋も見せたるわ。ぼっちゃまが、どんなベッドで寝とったと思う？」

「どんなベッドって……、やっぱりアンティークで、こう天蓋《てんがい》つきで……？」

いきなり何の話だろうと思いつつ、僕が想像力の貧困さを露呈すると、「介護用の可動式ベッドじゃ」と、老婆は言った。

「ぼっちゃまはもう老後に備えとったんじゃ。どうせ自分は孤独な老後を送ることになるから、元気なうちからちゃんと、寝たきりになったときのための準備や練習をしときたい、ゆうてな……」

「…………」

階段脇のエレベーターやらも、来たるべき老後に備えての、行き届いたバリアフリーだったと言うのか？

「確かにあたしも、ぼっちゃまの老後まではお世話でけへんしの。じゃけど、そんなぼっちゃまの前に、現れたのがあの探偵じゃった」

だから何々だ、とは、管原さんは続けなかった。

みなまで言わない証言拒否だが……、そんな『ぼっちゃま』が、執心した相手である今日子さんに、お金目当てに殺されたなんて思いたくないだろうし、まして監禁した結果、返り討ちにあったなんて、もっと思いたくないだろう。

『あえて』と言うよりも『だからこそ』、管原刀自は、警察に対しても、今日子さんと十木本氏との関係について、喋らなかったのだろう……、それが事態をより一層ややこしくしてしまっているとは言え。

まあ、今日子さん自身は、あの人のことだから、作成途中の捜査ファイルに目を通せば、被害者と自分との関係は、およそアテがついただろうが……、それにしても、またしても監禁か。

つくづくよく監禁される探偵だ——身が持つまい。

ますますもって、探偵なんて引退して、もらったコレクションを売り払って、『趣味人の相棒』として、悠々自適の生活でも送ろうとしなかったことが謎めいてくる。

専門家として出せる答がない。

あるとすれば……、今日子さんの、探偵職に対するこだわりの強さ、か。専属の雇われ探偵になることも、また違うのだろう——フリーの私立探偵であることに、きっと意味がある。それもまた執着心であり、その頑なさが、十木本氏の癇《かん》に障ったという可能性は——だが、依頼人を逆上させてしまうような世渡り下手でも、今日子さんはないはずである。

むしろ言い寄る異性をあしらうのは、滅茶苦茶うまいタイプだ——僕を含め、何人の男が泣かされているかわかったもんじゃない。

ともあれ、管原刀自としては、『忘却探偵の相棒』である僕が、そんな不愉快な真相からはほど遠い、真の真相を導いてくれないかと、立場上、口に出してそうは言わないものの、一縷《いちる》の望みをかけているわけだ――よりにもよって僕なんかに。

『ぼっちゃま』の敵である僕なんかに。

なんとかしてあげたいとは思うが、何をしたらなんとかしてあげられることになるのか、こうなると二律背反でもある。不愉快な真相は、不愉快ではあるものの、正当防衛であるなら、さしあたり今日子さんが罪に問われることはなくなるわけで――強盗殺人罪の適用には無理が出てくる。繰り返しになるが、振る舞い次第では、莫大な大金を入手することもできた今日子さんなのだから、動機が消える――待てよ？

となると、あるんじゃないか、別の真相も？

今日子さんが十木本氏を殺しても、何の得にもならないとして――十木本氏が死ぬことで、得をする人物は、少なからずいる。

この屋敷に駆けつけもしない親族だ。

どういう配分になるのかは知らないが、今日子さんが受け取りを拒否した以上、これらのコレクションはすべて、遺族が相続することになるはずだ――疎遠だった遺族が。

動機はある。それも典型的なまでに、強い動機だ。

今の状況を捨てておけば、十木本未末氏の財産は、コレクションを含め、すべてどこの馬の骨とも知れぬ（自分がどこの馬の骨か忘れてしまった）探偵が受け継ぐことになりかねなかった――良家としての厄介払いの意味も込め、探偵に罪をなすりつける形で、親族の誰かひとりが、あるいは数名が結託して、密室殺人を仕組んだ……。

家に仕える乳母としては、これも決して望ましい真相ではないだろうが、『ぼっちゃま』が色恋沙汰の末、男女関係のもつれの末にみっともなく殺されたなんて真相よりは、よっぽどマシだろう。ただし――

ただし、このときこそ、密室が立ちはだかる。

強固な密室の扉が。

「……すみません、管原さん。つかぬことをおうかがいしますが――こじ開けたこの展示室の扉の暗証番号って、『1234』だったりしませんかね？」

僕はダメ元で訊いてみた。

何がダメ元って、十木本氏がこれまでの話通り、この展示室を自分だけで管理していたのであれば、『ばあや』に暗証番号を教えるはずがないし、もしも彼女が暗証番号を知っていたなら、わざわざこじ開けたりする必要がないからだ――密室の要件が成立しなくなる。

だが、この問いに対する媼の答は、ダメ元どころではない駄目駄目だった。

「暗証番号なんてないんじゃ」

「え？」

「外側からはぼっちゃまがどっかに隠しとった鍵でしか開かへんし、内側からは把手《とって》ものうて開けられへん、オートロック。そういう仕組みの鉄扉じゃ。元々、金庫室じゃってんから」

「…………」

まるで金庫室どころか、金庫室そのものだったのか――それを改装して、展示室にしたわけだ。なるほど、なるほど……、それでひとつ、ようやくひとつ、頷けた。業者を呼びもせず、『隠しとった』という鍵を探すのでもなく、いきなり扉をこじ開けるという不可逆的な強硬手段に出たのは、溺愛する『ぼっちゃま』が、展示室に閉じ込められ、出られなくなっているんじゃないかと早とちりしたからか――早とちりか？　実際に閉じ込められたのだとしたら？

誰に？　今日子さんに？　真犯人に？　それとも本人が、今日子さんとふたりきりになるために？

とにかく扉を閉めた誰かはいたはずだ。開けっぱなしにしておくべき扉を。

たとえオートロックじゃなくても、把手がなければ、この手の扉は開けようがないものな……、でも、それがわかっている以上、うっかりミスとは考えづらい。何者かの悪意、あるいは犯意があったと考えるべきか――臆断はしかねるが、ここで唯一確かなのは、今日子さんが僕に、面会室のアクリルガラス越しに伝えた『１２３４』は、暗証番号じゃなかったということだ。

じゃあ何？

あれ？　もしかして僕は、とんでもない勘違いをして、意味もなく意気揚々《いきようよう》と、十木本邸の展示室に乗り込んでしまった？　いやまあ、一応は現場検証なのだから、まるっきり有意義じゃないってことはないにしても、この時間がないときに、ぜんぜん遠回りな無駄足を踏んでしまった？

「…………」

まずい。

ほら見ろ、だから言ったんだ。僕なんかに忘却探偵の相棒が務まるはずがないって──毎回毎回言っているんだ。

そんな僕を敵視するなんて、見当外れもいいところなのだ──専門家を名乗るのだっておこがましい。僕にできることなんて、今すぐ家に帰って、職探しの続きをするだけだ──待て待て、そう簡単に捨て鉢になるな。

一からやり直しだ。

『1234』。

暗証番号じゃなくっても、これは『何か』のはずなんだ──今日子さんがぎりぎりの環境下で、公権力に反旗を翻しながら（まあ、いつものことという気もするが）、僕に伝えようとしたことが、ノイズであるはずがない。

告白すると、僕に値打ちのない情報を持たせて走らせることで、日怠井警部に対する囮《おとり》にしたという可能性もないじゃないのだが（やりかねない。いつものこととまでは言わないが、今日子さんなら）、その可能性を僕が追及することは無意味だ。

管原刀自に、もっとダイレクトに訊いてみるか？『１２３４』と聞いて、思い当たることはないか、とか――たとえば『ぼっちゃま』の誕生日が十二月三十四日だとか――いや、十二月に三十四日はないか。何月にだってない。

だが、これ以上の駄目元は『忘却探偵の相棒』としての信用を失いかねない……、その誤情報が、かろうじて僕みたいな、馬の骨どころか僕の骨を、この展示室に居させているのだ。

それに、仮に管原刀自が『１２３４』に心当たりがあったとしても――今日子さんが左手に握っていたのが『何か』を知っているくらいでも――下手な情報提供が、『ぼっちゃま』の愚行を暴いてしまう可能性があることを思えば、軽々にものは言えまい。

自力でなんとかするしかない。

自力救済。したことがない。いつだって探偵に頼りきりできた――ただ、恩人である今日子さんの力になりたいというモチベーションはもちろんあるにしても、ここで今日子さんが、どうあれ没落してしまうと、将来的に、僕がまたぞろ冤罪の憂き目に遭った際、即座に事件を解決してくれる探偵をひとり失うことになるのも、実は絶望的な被害だった。

なんだかんだ言って、冤罪を晴らすのは時間との闘いでもある――長期間かけて、何年にもわたる法廷闘争を経て無罪を勝ち取ったところで、それによって被った損害は取り返しようがなかったりもする。だから僕は、何かと最速の探偵に頼りがちなのだ――決して僕が『忘却探偵の相棒』だからじゃなくって。

でも、仮に――もしも、僕が十木本未末氏の見込んだ通りの男だとするなら、ここできっちり、『1234』を読み解くはずだ。

暗号を、ダイイングメッセージを。

「…………」

『1234』。『1』と『2』と『3』と『4』。『1＋2＋3＋4』だと『10』……、『十木本』の『十』か？　遺産目当ての、十木本一族の誰かが犯人だと言うメッセージ――いや、それではいくらなんでも不特定多数過ぎる。ダイイングメッセージになっていない。それでは極論、被害者の十木本未末氏のことを指しているとさえ考えられる――まあ、彼に手込めにされかけて反撃しての正当防衛だとしたら、その可能性もないではない……、いや、ない。

ないのでない、だ。

振り返ってみれば、今日子さんがミスディレクションとして、凶器を右手に握り締めてまで、ひっそりとダイイングメッセージを残したことからしておかしいのだ――そんなことをしなくても、もしも何かが入眠する前の時点でわかっていたのであれば、メッセージは直接、残せばいい。

仮に、十木本未末氏に対する正当防衛だったなら、堂々と床にでも、そう書き残せばいい――その余裕は十分にあったはずなのだから。誰かに見られることを恐れる必要などない。ペンがなくって、被害者の血を使うのもどうかと言うのなら、大理石の床に刃物でがりがり文字を彫るとか、それにも抵抗があるのなら、そう、コインを文字の形に並べるとか――

「……コ、コ、コインを？」

握り締めてたのって――ひょっとして、コインか？

仮定に仮定を積み重ね、その上に更に砂上の楼閣を築くようなものだけれど……、もしも今日子さんが、『明日の自分』にメッセージを残そうとして、しかもそれを、他の誰にも知られないように残そうとして、左手に何かを握り込むとするなら――そんな細かい諸条件を適えてくれるような適切な『何か』が、すぐそばに、すぐ手元にあるとは考えにくい。

密室の中だ。内側からも外側からも開けられない密室の中――あり合わせのものでダイイングメッセージを残すしかないのだとすれば、右手に握る刃物が硬貨だったように、左手に握っていた『何か』も、やっぱり硬貨だったんじゃないのか──それなら、密室の中にあふれかえっている。

そう思って僕は、改めて部屋中を見渡す。

古銭コーナーに、あからさまに空きスペースがあったように、他にもそういう空きがないかと思ったのだが──それはあった。と言うより、そこら中にあった。カタログじみた室内も、よくよく観察すれば、意外と『欠け』は多い──パズルのピースをはめるように、その隙間を埋めていくことこそがコレクションの醍醐味《だいごみ》なのだから、まあ、当然か……、それらの空きをすべて検証するとなると、膨大な作業だ。

圧倒的に時間がないこの状況で──

「…………」

仕方ない。逆アプローチだ。

逃亡中の冤罪マスターとしてあるまじき不正ではあるけれど、背に腹は代えられない──自首しよう。

3

自首してきやがった。

日怠井警部の携帯電話に隠館青年からの出頭を告げる着信があったのは、親切警護主任との、こんな通話を終えた直後のことだった。

「誤解があるようですね」

と、警護主任は言った。淡々と。

「日怠井警部。今あなたは、何不自由のない良家の御曹司が、どうして隠館厄介氏をライバル視するのかほのかに理解できてきたような気がすると仰いましたが、そこにはよくある一般的な誤解があります」

「誤解？　一般的な？」

理解が誤解？

隠館青年に対する低評価のことを言われているのだろうか……、確かに、曲がりなりにも忘却探偵の相棒を務め、面会室では相棒どころか、日怠井警部を出し抜く片棒まで務めてみせた彼のことを、不当に過小評価しているかもしれない。

あるいは、かつて彼を誤認逮捕したことがあるだけに、無意識の罪悪感がそう見せているのだろうか……、と、反省しかけたが、しかし親切警護主任が言っているのは、そうではなかった。

彼は、もう片方の人物に対する評価について、誤解を指摘しているのだった。

「必ずしも十木本未末氏は、『何不自由のない良家の御曹司』ではないということです

──彼には彼の人生があります」

「……それはつまり、お金持ちにもそれなりの悩みがあるとか、お金があっても幸せじゃないとか、そういう奴ですか？」

「一言で言うとそうなのですが、それは誤解でこそありませんが、やはり理解としては不十分です──今日子はお金を見るのが仕事ですが、私は人を見るのが仕事でしてね。別件で、隠館厄介氏の身元調査もおこなったことがあります」

基本的に誰の依頼でも受ける忘却探偵のボディガードの任務には、依頼人の評定も含まれているという意味だろうか──何度も依頼を繰り返す不審なクライアントの調査をするのも、まあ当然か。

なんだか二重尾行みたいな話だが……。

「依頼内容に関しては守秘義務がありましても、依頼人の個人情報はグレーゾーンということで、かいつまんでお話しさせていただきますと」

己に課せられた仕事に忠実みたいな声色をして、意外とぺらぺら喋ってくれる警護主任だった──個人情報は忘却探偵でなくっても完全にブラックゾーンな気がするが、ここで良識派の振りをしてストップをかけるわけにはいかない。

「彼は何不自由ない生活を送っているわけでも、苦労を知らないわけでもありません──もちろん、コインを集めるのに苦労しているというような意味合いではなく」

「……はあ。では、どういう」

「幼少期に肺癌(はいがん)の手術で、肺を片方摘出しています……、全摘です」

親切警護主任のマイペースで淡々とした口調を差し引いても、前置きをされていても、衝撃的な情報だった……、肺癌?

「ええ。レントゲン写真にコイン大の影が写っていたということで……、お察しの通り。それが彼の蒐集家としての人生の始発点ですね」

胸に開いた穴を埋めるためにコインのコレクションを始めたのだとすると、確かに金持ちの道楽感は綺麗さっぱり消失する……、もしも影が豆粒くらいの大きさだったなら、豆粒のコレクターになったのだろうか。

「しかし、肺癌とは……、しかも片方の肺を全摘とは」

かなりステージが進行していた癌ということになる——悲劇ではあるが、それで死ななかっただけめっけものと言うべきなのか。術後の経過が相当よかったのだろう、それだけに、今日になって刺されて死んだというのは浮かばれない。

肺癌なら、被害者はヘビースモーカーだったのだろうかと思ったが、いや、待てよ? その後にもたらされた情報のインパクトに持って行かれたが、親切警護主任は『幼少期』と言っていなかったか?

「ええ。小学生の頃の出来事です」

「小学生で肺癌――」

いや――ありえるのか。

決して症例は多いとは言えないだろうが――ならばそんな不運に見舞われた彼のことを、シンプルに『お金持ちの御曹司』と、ステロタイプな見方をするのは、確かに間違っていた。

そう省察した日怠井警部だったが、御曹司を見舞った不運は、病魔《びょうま》などではなかった――もっと具体的だった。

「それが誤診でしてね。レントゲン写真を取り違えたのか、それとも造影時に問題が生じたのか、いったいどういう医療ミスだったのか、そこまでは調べませんでしたが、ともかく何かの間違いで、小学生が全摘された右側の肺は、健康そのものでした」

誤診。何かの間違い。いや、間違いで済むか。

（ああ――だから？）

誤診もまた、一種の誤認で、濡れ衣みたいなものだと考えるならば、冤罪マスターである隠館厄介のことを、被害者が意識するのも当然だった。いやしかし……、もちろん数々の冤罪をかけられ続けることで、隠館青年の人生は滅茶苦茶と言っていいが、具体的な損傷となると……。

信じられないようなミスは、どの業界にもある……、信じたくないようなミスも。

「誤診はしましたけれど、腕はよかったのか、健康状態にそう問題はなかったようですよ。幸い、転移はしていなかったようですしね」

警護主任としては場をなごませるためのジョークを述べたつもりなのかもしれなかったけれど、笑いようがない。

（だが……、事件とは無関係の病歴だから、捜査ファイルにはまだ書かれていなかったとしても……、それでも病院から、伝わっていてもおかしくなかった情報だが……）

と、そこで思いついて、日怠井警部は、「もしかして、被害者を誤診手術したその腕のいい医者の勤める病院は——病院ではありませんか？」と、親切警護主任に訊いた。

「ええ。なんだ、ご存じでしたか」

ご存じではなかった。

だが、発見時、心肺停止状態だった被害者が搬送されたその病院が、あえて余計なことは言わなかったということとも推察された——かつて犯した医療過誤について。

「なるほど。しかし日怠井警部、それを言うなら、メガバンクの創業者一族の力を以て、医療過誤自体、揉み消されたと言うべきかもしれません」

「揉み消された？　それは……、逆なのでは？」

大騒ぎになりそうなものだ。その時点で病院が潰れていてもおかしくないくらいの。

「それもステロタイプなものの見方ですよ、日怠井警部。私には詳細まではわかりかねますが、良家としては、それを不名誉と判断したようですよ——つまり、そんな風に間違われたことを不名誉だと」

「…………」

まるで誤認逮捕された人間が、たとえ潔白が証明されたのちも、あれこれ好き勝手なことを囁《ささや》かれるように——か？

「むろん、相応の賠償金が裏で支払われたに違いありませんが。誉れ高い一族としては、そんな『事故』の『可哀想な被害者』として名が広まることに抵抗があったようですね。ジャーナリズムの格好の餌食《えじき》ですから」

隠館厄介の知人だという、中立公正なジャーナリストとやらのことを思い出した——その記者が調べて、まだ判明していないということは、相当綿密に隠蔽工作はおこなわれたということか。

「それよりも大病院に有利なコネクションができるメリットを買ったと言うべきですかね。ただ、当の少年にとっては、納得できる事情ではありません。それ以来、家族と溝ができたようですね——一族のはぐれ者は、こうして誕生しました」

コインコレクターも、はぐれ者も、ただ突然変異で現れたわけではなく——はっきりと原因があったと言うのか。

「銀行業にかかわっていないのは、そういう事情なら当然としても、四十絡みで働いていないのも、だとすれば、誤診手術の後遺症なのでしょうか？　健康状態に問題はないと言っていましたが……」

「肉体的には、ですね。精神的なダメージは甚大でした——『間違えられる』ことに、彼は、それこそ病的な恐れを抱くようになったそうです」

「……だから、間違えられ続けても前向きに生きている隠館さんをライバル視したり、間違えない今日子さんを信奉したりしていると？」

「心中までは推し量れません。私はあくまで、外郭をなぞっているだけですので——私は探偵ではありませんから」

「はあ……」

探偵らしさと言うなら、今に限っては、留置場で伸び伸び暮らしている今日子さんより、よっぽど探偵らしい調査能力だとさえ思うが。

「いつかまた、『間違えられ』て、もう片方の肺も奪われるようなことがあったら——それも『大人の事情』で隠蔽されるようなことがあったら——第三者から見れば行き過ぎた杞憂なのですが、それを『気に病む』ことで、人の多い場所では、呼吸不全の症状を来すことが多かったそうです」

肉体的外傷から始まる精神的外傷か。

珍しくはないのだろう。珍しくはないだけで。

「それはそれで、身内から手厳しい叱責を浴びていたようですがね。本当は働けるはずなのに、昔の出来事を理由に怠けていると――いつまでそんなことを根に持っているんだ、過去のことは忘れなさい――」

忘れなさい――か。

もちろん忘れたい。忘れられるものなら。

（………………）

親切警護主任は、日怠井警部の誤解を正そうとしたようだけれど、しかし、その訂正によって一層強く思った。

道楽息子が冤罪体質の青年を敵視したことには、なんら不思議はない――と。

そんななんとも言えないしみじみとした思いに、迂闊にも囚われてしまった直後に、他ならぬ隠館青年から着信があったのだから、日怠井警部は怒りさえ覚えた。

マジかこいつ。どの面下げて。

いや、電話だから顔は見えないにしろ。

「日怠井警部――お尋ねしたいことがあるんですけれど」

前置きも、時候の挨拶もなく、隠館青年は切り出してきた――いや、お尋ねしたいことがあるのはこっちだ。今、どこで何をしている。予想通り、十木本邸に向かったのだろうか？　それなら、警邏係から連絡が入っていてしかるべきだが……。

しかし隠館青年は、日怠井警部に尋問文句を差し挟む余地を与えず、まくしたてるようにこう続けた。

「留置場に入るにあたって没収した今日子さんの持ち物の中に、コインはありませんでしたか？」

「コイン？　そんなものは……」

日怠井警部が隠館青年の行き先に見当をつけたように、隠館青年も日怠井警部の行動を予想したのだろうか——ただ、そういう意味では、所持品の再検査は、空振りに終わった徒労だったのだけれど。

「隠館さん。今日子さんが、現場から何かを持ち出した証拠でも見つけたんですか？」

「い、いえ、必ずしもそういうわけでは」

熱っぽく語っていた隠館青年が、そこで少し冷静になったようだ——まあ、強盗殺人の容疑を晴らそうとしている今、それはむしろ見つけたくない証拠だろう。

「生憎《あいにく》、ほとんど何も持っていませんでしたよ、今日子さんは。空港の手荷物検査を、ノンストップで素通りできそうな手ぶら感です」

それよりもあなたは今いったいどこで何をしているんですか、いやいやそれよりも何よりも、今日子さんは面会室であなたにいったい何を伝えたんですかと、訊き返そうとした日怠井警部をここでも制して、隠館青年は、「現金は？」と、更に尋ねてきた。

現金？

「ああ、そりゃあさすがに、いくらかは——」

そうだ。それをポケットに入れたままじゃ、手荷物検査を素通りはできない。コインなんて言いかたをするから——日怠井警部もしてきたから——うっかりしていたが、現金、現在流通している硬貨だって立派にコインだ。ただ、それも大した額じゃなかったし、取り立てて変わったところは……、あの程度が、屋敷に忍び込んで得た収益ということはないだろうし——

「調べてもらえませんか。たとえば、平成十二年の百円玉と昭和三十四年の十円玉があるとか、硬貨の合計額が千二百三十四円だとか……」

「ちょっと待ってくださいよ、急に言われても……」

自分の机から、保管庫に移動しながら、日怠井警部は思い出す——ただ、元号やら合計額まで、すぐには思い出せない。

十二年？　三十四年？　千二百三十四円？

直に見て確認するしかない。咄嗟に言えることなんて——待てよ、そう言えば。

「小銭にいくらか、ユーロが混じっていたのが印象的でしたね。ヨーロッパでも旅されたのか、何なのか——」

「ユーロ……、ですか」

心当たりがあるように、そう呟く隠館青年。

一瞬、納得しかけたようだが、「待ってください、そんなわけがない！」と大きく声をあげた。

「確かに今日子さんは、最近ヨーロッパ巡りをされていましたけれど、それは仕事で巡っていたんです——その痕跡《こんせき》を、ポケットになんて残すはずがない。記念品みたいに後生大事に持ち歩くわけがないんです！」

専門家らしい見解を述べてきた。

が、確かにその通りだ。

『思い出の品』なんて概念は、忘却探偵にはない——ならば、どういうことだ？

無人の廊下を駆け抜けて、保管庫に飛び込んだ日怠井警部は、再度、今日子さんの所持品をチェックする——規定通りに手袋をはめ、日本円を避けて、ユーロ硬貨のみをピックアップする。

隠館青年の剣幕から察するに、これが今日子さんが、左手に握っていた『何か』なのだろうか？　まあ、手の内に握り込むには妥当なサイズ、枚数ではある……。

「内訳は、1ユーロ硬貨六枚と、2ユーロ硬貨二枚……、合計、十ユーロです」

コインの額面を確認しつつ、日怠井警部は隠館青年に教えた——訊かれるがままになっているようで少々癪《しゃく》だが、ここで彼と対立してもいいことはない。数時間後には手錠をかけることになるかもしれないが、今は協力態勢を築こう。

親切警護主任から得た内部情報、いや内部告発までを、ここで教えてしまうほど、歩み寄るつもりはないが……。

「十ユーロ……、キリはいいですね――『1』＋『2』＋『3』＋『4』……？＝『10』……、『十木本』の『十』じゃなくって……、それこそミスディレクションで……、それは表向きの意味でしかなく、裏向きには……」

「？」

「『秘密裏』……、『表裏一体』……」

ぶつぶつと、電話口で考え込むようにする隠館青年――さっきから妙に『1』『2』『3』『4』にこだわっているなと、日怠井警部は怪訝に思ったが、あえてそこは突っ込まない。放置して泳がしておいたほうが、情報をこちらに流してくれそうだ――予想通りこの青年、忘却探偵とは好一対に、秘密を守るのが苦手っぽい。

「あっ！」

と。

そこで電話の向こう、どこにいるのかも不明な隠館青年は、通話音が割れるくらいの大声を出した。

思いついた、閃《ひらめ》いたと言うよりも、どうしてこんなことにもっと早く気付けなかったのかと言うような焦燥《しょうそう》っぷりだった。

「ひ、日怠井警部——内訳を教えてください、そのユーロ硬貨の！」

「内訳？　それはさっき、既に申し上げたはずですが。1ユーロ硬貨が六枚と——」

「そ、そうじゃなくって」

隠館青年は慌てた口調を落ち着けながら言う。

「教えて欲しいのは、表の内訳じゃあなくって——裏の内訳です」

「裏の内訳？」

「はい」

コインには表も裏もあるんです——すべてがそうであるように。

4

なんてことだ。

驚嘆すべきことに、どうやら今回に限っては、今日子さんには本当に、この事件の真相が、最初からわかっていたようである——それを忘れていただけで。

第十二話　隠館厄介の出頭
&
第十三話　掟上今日子の可視化

1

こんな当たり前のことを、あたかも『持論を展開する』みたいに言うのには非常に抵抗があるけれど、たとえば一万円札は、みんながそれを一万円だと思っているから、一万円の価値を持つ。

評価額一万円ゆえの万札である。

外国為替《かわせ》というのはつまりそういうことで、一万円札を百ドルだと評価されれば百ドルだし、九十ドルだと評価されれば九十ドル、百十ドルだと評価されれば百十ドルになる——僕の冤罪体質と似たようなものだ。

僕が何者なのか——真犯人なのか、冤罪被害者なのか——を決めるのは、結局のところ、僕ではなく、証言者であり、司法であり、国家であり、探偵であったりする。極端な話、宇宙人が来日して、一万円札と千円札を比べてみたとき、どちらのほうがより値打ちがあるのかを初見で所見を述べるのは、まず不可能だろう。極端な話ではあっても、このたとえ話は荒唐無稽ではなく、僕だって子供の頃、一番価値のある硬貨は五円玉だと思っていた――黄金色だからという理由で。

わかり切った正論をくどくどと述べて、いったい何が言いたいかと言うと、人は普段慣れ親しんでいない貨幣に対しては、見た目で判断することさえ難しいということだ――外観的な情報さえ、うまく頭に入ってこないのである。

海外旅行で散財してしまったり、逆に、過度に節約してしまったりなんてのはよくある話で、僕自身、フランス旅行の際にはユーロの使いかたには散々悩んだものだ。今日子さんはもう忘れているけれど、そのとき、彼女とこんな会話を交わしたのを覚えている。

「そう考えると、ＥＵ……、ヨーロッパ連合内で、通貨が統一されているのは、さぞかし便利なんでしょうね。国境を越えても、いちいち両替せずに済むなんて。同じ通貨を使うところから、国際平和っていうのは始まるのかもしれませんね」

僕の素朴《そぼく》な、とても文化の多様性を重んじているとは思えない感想に、『その日』の今日子さんは「あら」と包容力《ほうようりょく》たっぷりに微笑んで、こう答えたものだ。

「ヨーロッパ連合内でも、使われている通貨は『同じ』ではありませんよ、厄介さん」

「え？　でも、ユーロって……」

ああ、厳密に言えば、イギリスはポンドを使っているんだっけ？　そうか、忘却探偵は、イギリスが今度EUを抜けることを知らないんだと、僕は短絡的に理解したけれど、彼女が言っているのは、そういうことではなかった。

「正確には、使われている『硬貨』は、『同じ』ではないのです——単位は同じでも」

コインには表と裏があるということですよ——と、彼女は手のひらをこちらに向けて、くるりと返して見せた。

そう。

僕もそのあと、今日子さんに付き合って——『相棒』という形でヨーロッパを周遊し、そのことを知る。つくづく思い知る。

ユーロ硬貨は、国によってデザインが違う。数字が刻印された表面は同じでも——裏面のデザインは、おのおのの国に委ねられている。

コインは芸術品——である。

たとえばフランスの2ユーロ硬貨の裏面には、『自由、平等、友愛』が刻まれているけれど、イタリアの2ユーロ硬貨の裏面に刻まれているのは、文豪ダンテの肖像だ。

だから今日子さんが展示室で握っていた『十ユーロ』も、単純に十ユーロとは捉えられない——1ユーロ硬貨六枚と2ユーロ硬貨二枚とも捉えられない。

厳密には。

エストニア共和国の1ユーロ硬貨（裏面——国土の地図）三枚、ルクセンブルク大公国の1ユーロ硬貨（裏面——大公の肖像）二枚、スペイン王国の2ユーロ硬貨（裏面——国王の肖像）二枚、ベルギー王国の1ユーロ硬貨（裏面——国王の肖像）一枚だった。

外国人から見れば、野口英世と福沢諭吉の区別がつかないように、大半の日本人から見て、それらの硬貨は、同じ風にしか見えないかもしれないけれど——だが、『1234』。

『今日の今日子さん』が面会室のアクリルガラスに書いたそのメッセージを鍵とすれば、『昨日の今日子さん』が伝えたかったことが伝わるのだ。

掟上今日子の備忘録。

2

因縁の第四取り調べ室で、スチール机を挟んで、日怠井警部は隠館青年と向き合っていた——さすがに手錠や腰縄こそしていないものの、こうしてシチュエーションを整えてみると、本当に容疑者扱いのしっくりくる男である。

ともあれ、冤罪製造機と冤罪マスターが、こうして久々に取り調べ室で顔を合わせることになったわけだ——彼の話を聞くだけならば別にさっきの面会室でもよかったし、もっと言えば警察署の外のファミリーレストランでもよかったくらいなのだが、これは忘却探偵からの要請だった。

この深夜、取り調べ室にいるのは日怠井警部と隠館青年のふたりだけだが、もうひとつ、部屋の中には目があった——正確にはカメラがあった。

二人の間にあるスチール机には日怠井警部のスマートフォンが設置されていて、これから始まる取り調べの映像を、ライブで地下留置場に中継している。

いわば取り調べの可視化だった。

今頃忘却探偵は鉄格子の中で悠々と、ふたりの様子を観察しているというわけだ——ちなみに彼女はスマートフォンを所有していないので、監視役の若者から貸してもらっていた。やりたい放題だ。ポップコーンを提供できなかったことが残念なくらいの至れり尽くせりだが、もう咎めようという気にもならなかった——これから隠館青年が何を語るにしても、どうせそれが正真正銘、最後の『至れり尽くせり』になるのだから。

やはり十木本邸に向かっていたらしい隠館青年は、しかしながら、意気揚々と凱旋《がいせん》したわけではなさそうで、そわそわと落ち着かない素振りで、スマートフォンに、カメラ目線を送っている。それとも、日怠井警部にはわからないところで、隠館青年と忘却探偵は、相棒として通じ合っているのだろうか——なんとも一方的なアイコンタクトである。

ともあれ、謎解きの始まりだった——探偵役不在の、助手と刑事の謎解きの、始まりの始まり。

「……どちらから話すか、コイントスで決めましょうか？」

「どちらから？　異なことを仰いますね、隠館さん。私から話すことは、もうありませんよ。置手紙探偵事務所の警護主任から得た情報は、先程話したのですべてです」

「いえ、そうじゃなく……、原因《ヘッド》から話すか、結論《テイル》から話すか」

言って隠館青年は、テーブルに並べられた八枚のユーロ硬貨を眺めた。

3

僕なんかに謎解きができるのかどうか、不安視している向きは日怠井警部の他にも大勢いらっしゃるとは思うが、むろん、そんなことは不可能だ。できっこない。普通なら。

だけど今回だけは事情が違う。被害者の十木本未末氏に言わせれば、僕は『忘却探偵の相棒』なのだから。

できなければならない。

そうは言っても、熱意や気合だけでは、そりゃあできないものはできないけれど、根本的な話、暗号は解けなければ暗号ではない。このテーマに限っては不可能を可能にすることは可能なのだ。

その意味で、『昨日の今日子さん』が『今日の今日子さん』に残したメッセージは原則には反しておらず、必ずしも難解なパズルではなかった——時間をかければ誰でも解ける暗号なら、当然、最速の探偵が最初に解くに決まっている——忘却探偵の忘却探偵による忘却探偵のためのダイイングメッセージというわけだ。

最初からわかっていた真相。

負け惜しみを言うわけじゃないが、僕や日怠井警部が手こずったような印象を受けるのは、今日子さんが暗号を解くのに必要なキーを、僕達に分割して持たせたからだ。巧みな情報操作の結果である。『1234』だけでは解けないし、『十ユーロ分の硬貨』だけでも解けない……、表と裏の両面から、挟み撃ちのように攻めないと、これは解読不可能な暗号だった。

改めて記すと、十ユーロ分の硬貨の厳密な内訳はこう。

エストニア硬貨＝1ユーロ×3枚
ルクセンブルク硬貨＝1ユーロ×2枚

スペイン硬貨＝2ユーロ×2枚
ベルギー硬貨＝1ユーロ×1枚

これを更にまとめると次のようになる。

エストニア硬貨＝3ユーロ
ルクセンブルク硬貨＝2ユーロ
スペイン硬貨＝4ユーロ
ベルギー硬貨＝1ユーロ

もうお気付きだろう——『1234』だ。『1』＋『2』＋『3』＋『4』＝『10』。

つまり、左手に握り込まれていたと仮定して矛盾のない十ユーロの構成が、綺麗に『1』『2』『3』『4』だったわけだ。

ならばこれを数字順に並べ替えようではないか。


ベルギー硬貨＝1ユーロ。

ルクセンブルク硬貨＝2ユーロ

エストニア硬貨＝3ユーロ
スペイン硬貨＝4ユーロ

「と言うことは……、今日子さんがアクリルガラスに書いたという『1234』は、国名の順番を意味していたって言うんですか？　ユーロそのものではなく、コインの値打ちでもなく、EU内四ヵ国の国名が、この順番で並んでいることに意味があった？」

日怠井警部は怪訝そうに、そう訊いてくる。

僕は「ええ」と頷く。

「だから究極、ポンドだったり、たとえば旧通貨であるフランやマルクを織り交ぜたりしても、同じメッセージは作れたんですが、さっきも言った通り、ユーロなら混ぜられますからね。表面だけを見ている限り……、表向きには、何もわからない」

「……しかし、裏返して見て、こう並べ替えたら、何だって言うんです？　ここまで来ても、さっぱり見当がつきませんが」

「ここまで来たら、もう解けたも同然ですよ。暗号解読の初歩の初歩です——各国の頭文字を繋いでみてください」

「頭文字？」

「ええ。暗号学の用語で言うなら、フォネティックコードという奴です。裏面《テイル》を確認した次なるアプローチは表面《ヘッド》……、頭《ヘッド》です」

つまりこうだ。

BELGIUM　　=1ユーロ
LUXEMBOURG　=2ユーロ
ESTONIA　　=3ユーロ
SPAIN　　　=4ユーロ

「B……L……E……S？　BLES？　そんな単語、ありましたっけ……？」

クビをひねる日怠井警部。

僕も、各国名のスペリングは管原刀自からお借りした電子辞書で調べただけなので、イディオムに関しては確かなことは言えないけれど、少なくともその電子辞書に内蔵されていた英和辞典には、『BLES』なんて単語はなかった。

ただし、『BLES』自体は見つけられなくとも、その単語を引こうとスペルをキーボード入力すれば、証明よりも先に解答のほうが発見された……、僕にとっては、『紙の辞書と違って電子辞書では目的の単語しか見つけられない』という俗説が、悲しいほど完璧に論破された瞬間でもあった。

それが画面に表示されてしまえれば、先に思い至っていてもしかるべきだったが、スペイン硬貨だけ、1ユーロ硬貨ではなく2ユーロ硬貨が使用されていることに、もっと着目していてもよかった——単純に、あまり枚数が多くなると手の中に握り込めなくなるからだと思っていたが、それもあるのかもしれないが、それだけではなかった。スペイン硬貨に限っては、頭文字『S』をふたつ重ねるという意味だったのだ——即ち。

『BLESS（祝福）』

電子だろうと紙だろうと、辞書を引くまでもない、常識レベルのイディオムだ。

「『BLESS』……、『祝福』？　いや、まあ、暗号クイズとしてはそこそこ上出来ですけれど……、隠館さん、それがどうしたって言うんですか？　ぜんぜん祝福できる状況じゃないでしょうに」

「全然祝福できる状況じゃなかったからこそ、上出来ではない、不出来な暗号を残すしかなかったんですよ——ユーロ圏の国名を繋いで任意の単語を作ると言っても、必ずしも思い通りの単語が作れるとは限りませんからね。加盟国の頭文字でアルファベットを網羅しているわけじゃありませんから」

だからスペルミスも看過するしかない。

そしてやはり、握れる硬貨の枚数にも限りがある。

だからそこは暗号化ではなく、やむを得ずの措置だったのだろう——そのせいで、より読み解きづらいメッセージになっていたのは、皮肉と言う他ないが。

「『昨日の今日子さん』は、正しくはこう伝えたかったんです——『BLESS《ブレス》』ではなく、『BREATH《ブレス》』と」

『BREATH（呼吸）』。

恐れ多くも、僕は名探偵のダイイングメッセージを添削した。

4

ブレス。呼吸。

当初から追い求めていた、今日子さんが明日の自分へと残したメッセージの正体を、ようやくつかむことができて、日怠井警部がまず抱いた気持ちは、それこそミステリー小説に登場するお間抜けな刑事役にありがちな、『どうしてこんな簡単なことにもっと早く気付けなかったんだ！』だった——が、すぐにことと次第は、そんな簡単なものでないことに気付かざるを得なかった。

まだまるですっきりとはしていない。

解決が提示されたようでいて、実際は謎が謎を呼んだだけだ——確かに、隠館青年が探偵の指令に忠実に従い、現場検証に向かった結果、刑事では聞き出せなかった証言を『ばあや』から取得し、展示室の密室の意味は反転した。

事件現場である展示室は、かつては金庫室だったものを改築した部屋だったことが明らかになった――扉を破壊するという不可逆的な行為がなされていたのでわかりにくくなっていたが、その行為自体が、現場の密室性、その意味を示しているとも言える。

密室性は、人間に対する密室性と言うよりも、大気に対する密室性だった――『密室の中にふたりしかいなかったのだから、ひとりが死んだなら、もうひとりが犯人だ』という、シンプルな論法を適用するよりも、先にすることがあった。

密室の中にふたりしかいない、ではなく。

密室の中にふたりもいると考えるべきだったのだ――酸素量は限られていると言うのに。

「既に述べたことではありますが――コレクションの品質管理のために、展示室内の空気はコンピューター管理されていたようです。硬貨っていうのは、つまるところ、ほとんどが金属ですからね――博物展示の定番として、錆《さび》を、つまり酸化を最小限に抑えるためには、当然、室内の酸素量も、最小限に抑えられていたんじゃないでしょうか」

「……？」

隠館青年が、おずおずと、日怠井警部の理解を助けるようなことを言う――出過ぎた真似だと思っているようだし、実際、出過ぎた真似でもある。その辺りのロジックは、いくらお間抜けな刑事役でも、既に納得できている。

納得できているからこそ、納得できないのだ。

指摘せざるを得ない。

「隠館さん。面白いものの見方ではありますけれど、根本的なところが、事実と合致していないじゃないですか。なるほど、金庫室に閉じ込めて被害者を殺害するという犯行は、ミステリーやサスペンスの世界じゃあ、よくあることなのかもしれません。現実であってもおかしくはない。大方、だから、ふたりが中にいるときに金庫室の扉を閉めた第三者が犯人だという着地点を見据えているんでしょうが、そうは問屋が卸しませんよ。だって、被害者は窒息《ちっそく》したわけじゃない——死因は酸欠じゃないんですよ。被害者は刺殺されていたんです」

「……被害者が刺殺されたという報告書は、搬送先の病院での診断結果ですよね。かつて、十木本未末氏の右肺を、誤診で全摘したという」

奥歯にものの挟まったような物言いだった——何をほのめかそうとしているのだ？　まさか、刺殺という判断が、またしても誤診だったと主張するつもりなのか？

もちろん病院だって神様じゃない。

一度間違ったんだから、二度目三度目があるとしてもおかしくはない——推理小説上では、科学捜査で得られた手がかりは絶対視される傾向が強いけれど、実際の事件では、ヒューマンエラーは避けられない。

指紋鑑定だろうとDNA鑑定だろうと、間違うときは間違う。

しかし、そんなのはほぼ難癖だ。いくらなんでも、刺殺と窒息死を間違えたりはしないだろう——

「ええ。仰る通り、刺殺と窒息死は間違えないと思います。ただ、厳密に言うなら、捜査ファイルに書かれていた被害者の死因は、『刺傷による心因性ショック』だったと記憶しています」

忘却探偵の助手が小癪なことを言う。

「現場を見る限り、出血もほとんどなかったようですしね」

「わかりませんね。失血死だろうとショック死だろうと、刺されて死んだことに変わりはないのでは？」

「しかし、ショック死ならば、原因が『刺傷』によるとは限りません——胸を刺されていれば、そのインパクトが強いから、ついついそこを直結させて考えてしまいますが、他の理由でもショック死は発生しうる」

……ひょっとしてこの青年は、『ショック死』の意味を、『びっくりして死ぬ』みたいな意味だと思っているのだろうか？　いや、広義ではその解釈も間違いではないにしても、医学用語においてはそうではない。

いくらなんでも、窒息からショック死には繋がるまい……、いくら酸素不足気味の密室の中でも、扉が閉まった瞬間、いきなり酸素がゼロになるわけじゃないんだから。

「『いきなり酸素がゼロになるわけじゃないんだから』は、密室の外側にいる人間の意見ですよ、日怠井警部」

と、隠館青年。

「いや、僕も思いました。一面にコレクションを陳列した展示室は結構な広さでしたし、だから元々は金庫室だったと聞いても、ここに閉じ込められたら窒息するリスクがあるなんて発想は抱きもしませんでした——今日子さんの残したメッセージを知るまでは」

「…………」

「ただ、いざ自分が、リアルにそんな密室に閉じ込められてしまったとき、冷静でいられるかと言えば、そんなことはないと思います。取り調べ室で平静を保っていられる被疑者が、そうはいないように——まして先程のお話では、十木本さんには、呼吸に対する一種の恐怖症があった。……それを聞いて、邸内にやたら配置されていた空気清浄機の理由もわかりましたが……」

恐怖症。そうだ。

よりにもよって誤診で片肺を摘出されている被害者は、『呼吸できなくなること』を『病的』に恐れていた――彼にまともな社会生活を放棄させるほどに。道楽息子に甘んじるほどに。

仮に隠館青年の言う通り、彼を密室に閉じ込めた誰かがいたとするなら、そのときの驚愕は想像を絶する……、まさしく、ギャグ漫画か喜劇だったなら、それでショック死していてもおかしくないくらいに。

（いや、待てよ？　ショック死はないにしても……）

それで呼吸不全になることはありうる。

発作のようなものだ。

親切警護主任の話では、十木本氏が社会生活を放棄したのは、健康上の理由ではなく、『間違えられること』を恐れる彼は、周囲に人間が多くいると呼吸不全に陥るから――だったが、そこはもっと短絡的に捉えることもできるのでは？

人間の多さを、イコールで酸素消費量の多さとするなら――彼が恐れていたのは、誤解ではなく、窒息だったと仮定することもできる。

できるからなんだ？

なるほど、それなら展示室に『閉じ込められた』瞬間に、『いきなり酸素がゼロになるわけじゃ』なくっとも、パニックになる可能性には、検討の余地がある――呼吸器系に深刻な事情を抱える十木本氏でなくっとも、まあ、密室に閉じ込められれば、誰だってパニックになるだろう。

だけど、それでも発見時に、十木本氏が刺されていたことだけは、仮定じゃあない事実だ――どれだけ仮説に仮説を積み重ねたところで、その事実だけはひっくり返らない。

今日子さんの容疑は晴れない。

それでも無理矢理何かこじつけの、推理らしきものをひねり出すとするなら……、このままでは窒息すると混乱状態になった十木本氏が、言い寄るとかではなく、酸素を独占するために今日子さんを手にかけようとして、今日子さんは身を守るためにやむなく、十木本氏を刺殺した――という可能性か？

だが、その可能性を検討するのであれば、同じく酸素を独占するために、今日子さんが十木本氏を刺殺したという可能性も検討しなければ、公平な捜査とは言えない。この場合、お金欲しさの強盗殺人よりも、動機はもっと切実とも言える……、何せ欲するのが酸素なのだから。

「まあ、仮に酸素を巡っての殺し合いがあったとしても、そうなると、罪には問われることはなくなるわけですね――正当防衛でないにしても、その場合は、緊急避難が適用されるはずですから」

冤罪マスターが法律に詳しいところを見せてきた――挙動不審も、こうなると堂々としたものだったが、しかし隠館青年は、「でも、実際には殺し合いなんてなかったはずです」と続けた。

「考えてもみてください。もしも仮説通り、十木本氏が『閉じ込められた』ことによってパニックに陥り、呼吸不全に陥ったのなら、わざわざ刺す必要なんてない――手を下すまでもない。また、そんなコンディションの被害者に襲われたとしても、その攻撃を回避することは容易でしょう」

そうはっきりと言い切れたものでもないだろうが、まあ、室内に十分なスペースがあったと言うなら、パニックになった人間を刺すよりは、逃げ回るほうが賢明だろう。

そして賢明であることにかけては、名探偵はそうそう人後に落ちない――逆境の中でも忘却探偵なら平静を保っていられるだろうという推測に限って言うなら、今日子さんの取り調べ室や留置場での態度が、十分に立証している。

皮肉にも、犯人扱いされたことが、少なくとも今日子さんが突発的な殺人犯でないことを裏付けていた――閉じ込められ、このままでは酸素が足りなくなるかもしれないという状況におかれても、彼女ならばすぐさまパニックになったりはするまい。そこから助かる方法を考える。いや、助かる方法だけでなく、助ける方法だって――そうだ。

金庫室に閉じ込められて出られなくなっただけでも、普通ならば十分なストレス要因なのに、ほぼ同時に、一緒に閉じ込められた人間がパニックが原因の呼吸不全に陥ったとなれば、まず冷静な対処なんてできず、あたふたするだけだろうが——今日子さんなら、その状況下でも適切な行動が取れるのではないか。

しかも最速で。

問題は、この場合の適切が何を指すかだ——酸素を独占するために、呼吸困難に陥った同室人にとどめを刺すことか？　いや、それは適切とは言いがたい。そこは隠館青年の言う通りだ、あえて自ら手を下す必要はない。

ならば、むしろおこなうべきは救命措置だろう。呼吸不全の人間に対しては、それこそ適切に、人工呼吸を——

「呼吸不全に対して、人工呼吸が常に適切とは限りませんよ、日怠井警部。どころか、人工呼吸がとどめになってしまうこともある」

「え？　でも、チアノーゼに対しては——」

警察官として最低限の講習は受けている。呼吸困難の場合、まずは仰向けに寝かせて気道を確保し——チアノーゼじゃなかったとしたら？　チアノーゼと裏表一体の関係で語られるあの症状だったとしたら——そうだ、被害者は何よりも酸素不足を恐れていたのだから、そちらのほうが起こした発作の症状としてはしっくりくる。

過呼吸。

だったら、人工呼吸など絶対にしてはならない。ただでさえ呼吸過多のところに、更に空気を送り込んだりしたら、肺胞が破裂しかねない。いや、人工呼吸をしなかったとしても、最悪の場合、気胸《ききよう》を併発《へいはつ》して――

（……………！）

「だ――だから今日子さんは、被害者の左胸を刺したんですか⁉　救命措置として⁉」

隠館青年は静かに頷いた。息を殺して。

5

TVドラマと言えば、刑事ものか医療ものが大勢を占《し》める昨今だ――気胸という、一昔前なら耳慣れなかったであろう症状もそれなりに広く知れ渡っているし、その対処として、肺壁《はいへき》に対する穿刺《せんし》が有効であることも、取り立てて『家庭の医学』を通読していなくとも知ることができる。

事実、僕みたいな素人でも知っていたし、たとえ最近のTVドラマを見ていなくとも、今日子さんなら探偵の心得として、それを知っていても不思議ではない……、知らないほうが不思議なくらいだ。

だが、盲点だった。

確かに、呼吸不全に苦しむ患者の胸を突き刺し救うさまは、文字通りドラマチックで絵になるし、そう言ってよければ、スタイリッシュでさえある――が、穿刺による救命措置は、たとえば人工呼吸などとは一線を画する。

外科手術だ。

医療従事者の手によらない外科手術は、完全な違法行為である――だからこそ、完全に盲点になっていた。

日怠井警部にとっても。僕にとっても。

左胸を刺されたと聞けば、自然に、『心臓を狙ったのだろう』と考えてしまっていたけれど、人間の左胸には肺臓もあることを、すっかり失念してしまっていた。しかし、今日子さんが左手に握り込んでいたコインのメッセージ――『呼吸《ブレス》』から、論理を飛躍させてそう直感した僕だったけれど、同時に『そこまでするだろうか？』という疑問も湧いて出た――しかしながら、日怠井警部が、今日子さんのボディガード氏から聴取した被害者の個人情報を吟味すると、『そこまでするだろう』と、受け入れざるを得なかった。

気胸を起こしたとしても、もう片方の肺で呼吸ができていたなら、呼吸器系は確保できている――そこであえて法を犯すことはない。だが、被害者のもう片方の肺は、誤診によって全摘されていた――過呼吸がチアノーゼに転ずる前に、一刻も早く、回復させせる必要があった。

そして一刻も早いことにかけては、忘却探偵の右に出るものはいない――手順として、右肺の状態を確認したのちの彼女はきっと、十木本さんの左胸を刺すことを、ほとんど迷わなかっただろう。

そのシチュエーションなら、法律も保身も、今日子さんを止めるブレーキにはなるまい――死因が窒息死ではなかったことから考えれば、気胸に対する措置自体は、成功したと思われる。

だが、救命には至らなかった。最速でさえ、手遅れだった。

医療ドラマで仕入れた知識に基づき素人が所見を述べるなら、気胸によって膨らんだ左肺が心臓を圧迫したことが原因で血流が阻害され、心停止によるショック死に至った――と言ったところか。

それなら、搬送先の大病院がカルテに施した『叙述トリック』と矛盾しない――過去の医療過誤に触れたくない病院が、かと言ってあからさまな嘘も書けず、呼吸器系の事情と死因とを苦し紛れに切り離した記述とは。

不都合を全摘した記述とは。

「……その飛躍した論理が正しいか間違っているかを、検証することは簡単ですね。セカンド・オピニオンではありませんが……、被害者のご遺体に解剖を申請すればいい。

もちろん、警察病院で」

通常、こんな単純な『刺殺事件』で遺体の解剖まではおこなわれないが、搬送先の病院の死亡届が信用できないとなればやむをえまい——被害者が死ぬ直前に気胸を起こしていたかどうか。血液検査をすれば、あるいは呼吸状態も確認できるだろう。当然、刺されたのがたとえ肺だったとしても、そのショックで心停止に至った可能性も検討しなくてはならない——救命措置が原因で命を落とすことだってあり、だからこそ素人の手による医療行為は違法なのだから。

「——だけど、だとすると隠館さん、またひとつ謎が増えることになりませんか？　違法行為だったとしても、今日子さんにしてみれば、それは信念に基づく医療行為だったでしょう。たとえ結果として手遅れだったとしても——だったら、コインを握り込むなんて回りくどいメッセージの残しかたをせず、身の証を立てるためにも、堂々とその事情を、詳細まで残せばよかったのでは」

そう。それは僕も現場で思ったことだ。

ペンがなくっても、同じ刃物で床をがりがり傷つけるとか、コインを床に並べて字を書くとか、手はいくらでもあったはずだ、と——そうすれば、事態はこんなにややこしくならずに済んだ。

いや、もっと言うなら、一晩くらい起きていれば、どうして今日子さんが被害者を刺すに至ったのか、その事情に関する記憶がリセットされることはなかったのだ――ただ、そうは問屋が卸さなかったのだ。

救命措置の甲斐なく十木本氏が亡くなったところで、閉じ込められ、酸素がいずれ足りなくなるという状況は、まったく変わっていないのだから。

いや、厳密に言うと少し変わった。

彼女が使える酸素の量は倍にはなった――けれど、そもそもの量がわからない以上、それに、いつ救助が来るかわからない以上、余裕があるとは言えない。探偵と依頼人が展示室にいるのは、基本的には隠密活動だ。邸宅内であり、閉じ込められているのが邸主である以上、遠からず助けが来るとは思われるが――実際、管原刀自が翌朝には、『ぼっちゃま』の行方不明に気付いて、扉を破壊している。

十木本氏の個人情報を知った今になってみれば、管原刀自がその際、鍵屋さんを呼ばずに扉を破壊するような方法を選んだのは、呼吸器系に精神的な事情を抱えるあるじが、密閉性の高い部屋に閉じ込められたら発作を起こす可能性が高いと危惧したからだったのかもしれない。

その通りになったわけだ。

それが懸想《けそう》相手を手込めにしようとして、返り討ちにあって刺されて死んだと考えるよりも、救いがあるとはまったく言えないだろうとしても。

「いずれにしても今日子さんは、活動量を抑えなくてはならなかったんです。いつもなら活発に、動くために生きていると言ってもいい、スピーディでスポーティな今日子さんですが、このときばかりは、できるだけ動かず、できるだけ呼吸しない——助けを待つために、酸素の使用を最小レベルにする必要があった」

「いやいや……、隠館さん。ヨーガの達人じゃないんですから、呼吸量を抑えるとか、そんなことができるわけ——」

言いながら日怠井警部も気付いたようだった。むろん、今日子さんがヨーガの達人だったことを思い出したわけではなく。

だから今日子さんは寝たのだということに。

密室の中、スリープ状態に入った。

瞑想ほどの効果は望めないにしても、取り得る手段の中では、最適である——だが、さすがにただ寝るというわけにはいかない。彼女には、眠ると記憶がリセットされるという、特殊事情がある——白紙の状態で、密室の中、胸部を刺された死体がかたわらにあれば、さすがの今日子さんも、自分が犯人だと思ってしまいかねない。

だから、時間がない状態の中で——酸素がない状態において、即興でダイイングメッセージを作らなければならなかった。

余裕なんてなかったのだ。

ありⅰ合わせの即興しかなかった。

わかりづらかろうと回りくどかろうと、不出来だろうと不完全だろうと、網羅することも間に合わず、一番最初に思いついた発想を即決で採用するしかなかったのだ——今の自分にはわかりきっている真相が、明日の自分に伝わることを信じて。

残念ながら、『今日の今日子さん』が、『昨日の今日子さん』からのそんな全幅の信頼に、百パーセント完璧に応えたとは言いがたい——それができていたら彼女が現行犯で逮捕されることはなかっただろうが、寝起きに握り締めていた数枚のコインから、即座に真相に辿り着くことはできなかった。

と言うより、その時点では考えられる可能性が多過ぎて、網羅推理を旨とする今日子さんには、真相を絞り込むことができなかった——だからこそ、おとなしく逮捕された。

今日子さんは自ら罠にハマったと予想を立てた僕だけれど、これは言うなら、自分の仕掛けた罠にハマったようなものだ。

事件の概要を、警察から教えてもらうために——取り調べ室に乗り込み、留置場に籠城した。

およそあたりがついたのは、捜査ファイルを精読したときだろうが、搬送先の病院からの叙述トリックも含まれたその報告書だけでは、やはり確信は持てない。十木本氏が依頼人であることはかろうじて予想できても、右肺の事情がわからない以上、どうして自分が性急な行為に出たのかまでは推理できないのだから。だから日怠井警部との約束を半ば反故《ほご》にする形で、僕という『専門家』を動かすプランを採用した。

　証拠固め。

　日怠井警部は、今日子さんが、我が身を拘束する警察に不信感を抱いているから、第三者である僕を関与させたと思っていたようだが、より正確に言うなら、今日子さんは捜査ファイルこそを信用していなかったのだろう。それを読む限り、『犯人は私』になってしまうのだから。

「謎、はともかく……問題は、まだ残るとしても……」

　しばらく沈黙を保っていた日怠井警部が、やがて、結論づけるように言った。

「少なくとも……、現在かけられている強殺容疑で、被疑者を勾留し続ける理由は、なくなったようですな」

　冤罪製造機と呼ばれる彼が、それでもこのとき、肩の荷が下りたような雰囲気を発していたのは、忘却探偵には牢屋からさっさと出て行って欲しいという本音も見え隠れしているような気もしたが、それはいささか、意地悪な物の見方か。

　ただ、もしもそうだとしたら日怠井警部には申しわけないけれど、ここまでの推理はあくまで、全部僕のものに過ぎない——素人の意見……、専門家としても、所詮《しょせん》は忘却探偵の専門家の意見でしかない。

忘却探偵の意見は、また違うかもしれない。

僕はひょっとすると、ぜんぜん的外れなことを、長々と述べてしまったかもしれないのだ——だから僕は、この取り調べ劇を可視化していた、テーブル上のスマートフォンのほうに視線を向けた。

地下留置場と繋がっているスマートフォンのカメラを見た。いや、マイクを見た。

「今日子さん。これでよかったんでしょうか？」

よかったのか悪かったのかと言えば、よかったことなどひとつも起きていない——どういう真相であれ、十木本氏が非業の死を遂げたことに変わりはない。

可哀想な人間が可哀想なまま死んだ。

そんな真相が、よかったわけがない。

だから僕は言い直した。

「今日子さん。僕は今日こそ、あなたの助手を務められたでしょうか？」

生前の十木本氏のライバル視に値するくらいには——とまでは言わなかった。

返事はなかった。

やっぱり、及第点はもらえなかったかと不安になったが、不審に思ったらしい日怠井警部が、スマートフォンを操作して、ボリュームを最大にした結果、通話口から、

「ZZZ……」

と。

穏やかな寝息が聞こえてきた。

どんな事件も一日で解決する忘却探偵の入眠は、事件解決の動かぬ証拠であり、不出来な助手への合格証書でもあった。

謎だらけで秘密だらけの、虚実入り混じった正体不明の忘却探偵だけれど、しかしながら、その穏やかな寝息だけは、まったく裏表のない、潔白なまでの罪のなさだった。

終章　掟上今日子の釈放

もろもろ所定の手続きがあって、忘却探偵の放免は、翌日の夕方ということになった——ただし、日怠井警部が留置場を訪れたとき、今日子さんはまだ寝台に横たわって目覚めていなかったので、彼女の認識では、『今日』はまだ始まったばかりと言うべきか。

「どうして私が檻の中に……？　そしてなぜ、警察官の制服を……？」

起きしなはさすがに軽く以上に混乱していたようだが、日怠井警部が一から丁寧に説明した——強盗殺人容疑で身柄を拘束されていたこと、その容疑は晴れたこと、そして警察官の制服はあなたが勝手に着たことを。

「からかってはいけませんよ。私が詭弁を弄《ろう》して女性警察官の制服を着たがるなんてことがあるはずがないでしょう。間違いなく冤罪ですね」

記憶がリセットされても面倒な被疑者だった——二度と帰ってきて欲しくない。

「いえいえ。また来ますよ。元カノのように」

「元カノのようには来ないでください。……素人の手による医療行為については、冤罪ではありませんからね？　その件では後日、問い合わせがいくと思います」

「後日でしたら、今日の私にはなんら関わりがありませんねえ」

とぼけたことを言う今日子さん。

記憶がリセットされたことで、面倒さもふてぶてしさもむしろ増しているようにも感じられた。

（まあ、そちらについても、結局はお咎めなしで終わるだろう……、改めての検視の結果も出たことだし――）

「ユーロ硬貨は、日怠井警部のほうから、十木本邸に返しておいていただけますか？　厳密に言えば、それも『一昨日の私』が犯した違法行為だと思われますので」

「ええ、それくらいは喜んでやらせてもらいましょう」

強盗罪とは言えないにしても、コレクションを勝手に持ち出したのだから、窃盗罪が成立しかねない……、ただし、元の持ち主である十木本氏が、今日子さんへの譲渡を匂わせていた以上、そちらも立件は難しかろう。

「コレクションは、疎遠だったという遺族で分け合うことになるんでしょうが、せめてこのユーロ硬貨は、隠館さんに託して、管原さんに渡るように取りはからいますよ」

「そうしていただければ。今、私にそうしてくれたように、そのかたにも、ことの真相を優しく教えてあげてくださいな。……隠館さんですか。お世話になりましたねえ、忘れましたけど」

飄々《ひょうひょう》と言う。

助手として、なんとも尽くし甲斐のない探偵だ。

「まあ、元カノとして来られるのは困りますが、探偵としては、またお呼び立てすることになると思いますよ。あなたの容疑は晴れましたが、まだ、私があなたにお願いした依頼内容は完遂していませんから」

「え？　そうでしたっけ？」

これはとぼけているのではなく、本気でわからないというような態度だった——いや、いや、確かに被疑者の容疑は晴れたけれど、それですべてが終わったような気持ちになられても困る。

真犯人を逮捕しなければ、事件が解決したとは言えないじゃないか。

以前の事件とは状況が違う。

「はあ。真犯人——ですか」

「ええ。隠館さんの推理では、扉を閉めて、ふたりを展示室に閉じ込めた何者かがいたわけでしょう？　おそらく、そうすれば被害者が呼吸不全の症状を起こすことを見込んだ上で——」

確実な殺しかたとは言えないが、しかし事故を装えるし、発作を起こさなかったとしても、発見が遅れれば窒息の危険は普通にある——未必《みひつ》の故意という奴だ。

いったい真犯人が、どうやってパトロール警官の監視をかいくぐって十木本邸に侵入したのか、それを突き止めなければ——怪しいのは遺産を受け継ぐことになる親類縁者だが、しかしポリスボックスの存在を考慮するなら、内部犯の可能性もある。

住み込みの使用人も容疑者だし、意外や意外、第一発見者の『ばあや』が扉を閉めた張本人だという線も——あるいは、裏口の存在を知っていた第三者が——

「ないと思いますよ、それは」

「え？」

見様見真似の網羅推理を中断させられた。

「いえ、今事件を知ったばかりの半可通《はんかつう》が、何を言っているのだとお思いでしょうが、そんなに複雑に考えなくてもいいと思いますよ……、オッカムの剃刀《かみそり》です。日怠井警部は先ほど、『事故を装える』と仰いましたけれど」

事故だったって考えるのが適当なんじゃないでしょうか。

と、今日子さんは言った。

（事故……、だったって？）

「うっかり、扉を閉めてしまったって言うんですか？　十木本さんが？　そんなケアレスミス——ありえないでしょう。自分の家の、自分の部屋ですよ？」

「そうでしょうか。話によると、そのかたは私に何度となく依頼をしていたのでしょう？　つまり、私を何度となく展示室に案内していたということです——それがたった一度の機会なら用心もなさるでしょうが、ずっと繰り返していたら、一度くらいは失敗しますよ。自分の家の、自分の部屋なんですから——気も緩むでしょう」

そう言われると言葉もない。

いや、でも……、まあ、それなら『真犯人』なんて存在をわざわざでっち上げなくても、片はつく——親類縁者が怪しいなんて言っても、しかしその親類縁者は、普通に考えると、被害者よりも更にお金持ちのはずだし、内部犯説に至っては、被害者の死によって職を失うことになる。

裏口を知る第三者の存在を想定するより、事故が起きる可能性のほうが高いようには、確かに思える——だが、『呼吸できなくなること』への恐怖心を強く抱いていた十木本氏が、そんなケアレスミスを犯すとは、やはり考えにくい。

人一倍用心する局面だろう。

まあ、それを言い出したら、そもそも気密性の高い金庫室を、コレクションの展示室に改装したところからおかしいということになりかねないが——

「だから『未必の故意って奴』ですよ、日怠井警部」

今日子さんは言った。忘却探偵は言った。

最速の探偵は言った。

「閉じ込められたら窒息のリスクがあるような部屋に頻繁に出入りしていたと聞いて、この探偵は即座にこう思いました——なんて危なっかしいことを。そんなの、まるで、自殺行為じゃないかって」

「…………」

「いつか自分がうっかりミスを起こしてしまうことを、十木本さんは望んでいたんじゃないでしょうか——介護用のベッドを買って、長生きをするつもりを周囲にアピールしていたのは、そんな願望の裏返しだったようにも思えますよね」

そんな、十木本氏に自殺願望があったなんてありえない、動機はいったいなんなんだ——とは、反論できなかった。

死にたい理由はいくらでもあっただろう。

可哀想な人間が可哀想なまま死んだ。

願望ではなく——絶望。

「……うっかりミスに今日子さんを巻き込むところまで、願望通りですか？　だからあなたに、繰り返し依頼をして、展示室に招いていたとでも？　彼が心中望んでいたのは——心中だった？」

「どうだったんでしょうね。お会いしたこともない人のことを、あれこれ言うつもりもありませんけれど」

と、今日子さんはいったん、距離を取るようなことを言ってから、「潜在的には承知していたはずのリスクなのに、閉じ込められたことでそこまでのパニックを起こした理由は、私を巻き込んでしまったからと解釈しても、まあ、そんなに矛盾は生じないようにも思えますね」とまとめた。

返す返すも最速の探偵。

手錠が外されてしまえば、目覚めて五分で、事件を解決してしまった。

（……やれやれ）

殺人事件と書かれた表紙も、名探偵に裏返されてしまえば、事故死とも言えない病死だった——さしずめ、掟上今日子の裏病死、か。

またしても『お間抜けな刑事役』を務めてしまったわけだ——思えば、最初から最後までそうだった。

隠館青年は、甲斐があろうがなかろうが、ともかく助手としての役割を、ひょっとするとそれ以上のものを果たした——忘却探偵の専門家である彼がいなければ、この解放もなかっただろう。

だが日怠井警部がいてもいなくても、この事件は解決したに違いない……、いずれは事態を察知した親切警護主任が署に駆けつけて来ていただろうし、そうなれば依頼人の、ひいては被害者の詳細は判明していたんだし、今度こそ名探偵を凌駕してみせると意気込んでみたものの、所詮そんな態度こそが、三枚目の定番だったようだ。

「おやおや。謙遜なさいますねえ。私を逮捕なさった名刑事が」

「皮肉はやめていただきたい。逮捕したのは別の刑事で、私は引き継いだだけです。実際、謎解きの大部分は、あなたの専門家――あなたの『相棒』、隠館さんがおこなったわけですし、私など何も――」

「ええ。隠館さんとやらの大活躍には、きっと『昨日の私』も感謝しているに違いありませんよ。忘れていますが」

つくづく報われない、隠館さんとやらだ。

ともするとお間抜けな刑事役のほうがまだマシなのかもしれないなんて考え直しかけていると、

「でも、日怠井警部にも、『昨日の私』は、同じように、あるいはそれ以上に、感謝していたと思いますよ。忘れていますが――日怠井警部なくしては、私の釈放はありえませんでした」

と、忘却探偵は確信めいた口調で断言した。

推理ではなく、仮定でもなく。

「だってほら、日怠井警部ったら、私のことが、お嫌いそうじゃないですか」

「え……、そんなことは決して」

面倒がっていることが、態度に出てしまったか。

いや、事件のあらましを語って聞かせる口調にも、名探偵に対する拒絶感が、自然と入り混じってしまったのかもしれない……、それこそうっかりミスだ、この忘却探偵こそが、取り調べの名手だということを失念していた。

「『昨日の私』が私の無罪を確信したのは、『一昨日の私』からのダイイングメッセージが要になっていたことは間違いありませんでしたけれど、あのメッセージが真っ赤な嘘であり、『一昨日の私』が、コレクション欲しさに、短絡的に十木本さんを殺害した可能性もゼロではありませんでしたからね。だから、もしも私が犯人だった場合、私に批判的なこの人ならば、きっときっちり裁いてくれるはずだと思ったんです。名探偵の暴走を防ぐ、セーフティネット。ファンや専門家には、あるいはこのあとクビになる警護主任には、とてもできないお仕事ですよ。助手を必要としない名探偵なんて過褒《かほう》をいただいておりますけれど、それでもやっぱり、私を厳しい目で見てくれる、対等な批判者は常に大切なんです」

それとも日怠井警部ってば、と今日子さんは悪戯《いたずら》っぽく笑った。

「本当は私のこと、お好きだったりしました？」

（…………）

共感できない、と思った。

むしろ反発さえ覚えていた。

忘却探偵の相棒になりたいなんて、現実と妄想の区別がついていない放蕩息子の、わけのわからない戯言《ざれごと》だと辛辣に批判していた――自分だったら、名探偵の引き立て役になるなんて御免だと思い、それでやる気をなくしていた。

けれど、それすらも結局、同じコインの表と裏だったのかもしれない。

対等と言われて、年甲斐もなくわき上がる気持ちがないと言えば偽証罪になる――この気持ちを、承認欲求なんて原始的な言葉で、表現して欲しくはない。

(同族嫌悪……、だったとでも言うのかよ)

自分だけは軍門に屈するものかとレジスタンスを続けた昨日という一日が、もしくは、ずっと以前の一日が、今、この瞬間にようやく、日怠井警部にとっても、終わったみたいだった。

私のこと、お好きだったりしました？

(みんなこんな風に、この人に籠絡されて来たんだろうな……、どいつもこいつも、道理で誑かされるわけだ)

まったく、どこまで計算尽くなのか。

つくづく、罪作りな探偵である。

「そいつは……」

「はい？」

「そいつはとんだ冤罪ですよ、今日子さん」

いいだろう。それもまた。

次の初対面も、また敵同士だ。

日怠井警部は苦い笑みを浮かべながらそう決意して、なんともふてぶてしいばかりだった誤認逮捕の対象を、勾留期限内に釈放したのだった。

付記

約束通り、僕はジャーナリスト・囲井都市子の数ある情報源のひとつとして、今回の事件について、公開できる範囲の情報を提供したけれど、彼女がそれを、記事として報道することはなかった。そのニュースバリューがないと判断したのかもしれないし、興味の対象が、医療の闇のほうに向いたのかもしれない。いずれにしても、彼女が執筆を目論む忘却探偵の伝記が世に出るのは、まだまだ先の話になりそうだ。

その囲井さんから聞いたところによると、僕のことを僕以上によく知る、しかし僕の側は彼の名前も知らない、今日子さんのボディガード氏は、どうやらまたしてもクビになったらしい。ただ、日怠井警部から聞いたところによると、釈放される今日子さんの身元引受人は彼が務めたそうだ。余人を以て理解しがたい関係と言う他ない。

そんなたくましいお二人とは対照的に、僕はと言えば、今日もまた、写経のように履歴書を書き続ける日々に戻った。なんだか日常に帰ってみると、事件解決と共にすとんと眠りに落ちた今日子さんとは対照的に、僕は夢から覚めたような気分だった。

　十木本未末なんて人物が、本当にいたのかどうかさえ、僕にとっては定かではない……、いや、そんな風に思いたいだけなのかもしれない。

　可哀想な人間が可哀想なまま死んだ。

　そんな風に思いたくないだけなのかもしれない。

　だからあの出来事を意識的にでも絵空事のように捉えることで、ふわふわと、自然に忘れようと、『未必の故意』を企んでいる——でも、本当にそうなのだろうか？

　可哀想な人間が可哀想なまま死んだ。それが結論なのだろうか？　時間を置いて考えてみると——これだけは忘却探偵にはできないことだ——必ずしもそうは言えない気もしてきた。

　呼吸不全を起こし、救命措置の甲斐もなく落命した彼を、可哀想だと切って捨てるのは、何か違う。

　たとえば発作を起こしたことで、彼は結果として、一緒に閉じ込められた今日子さんに、より多くの酸素を残した……、そんな解釈をするなら、生涯をかけて集めたコレクションに囲まれ、憧憬した名探偵のために死んだ彼の最期は、幸せとは言えないまでも、そう悪くないものだったと表現することもできる。

　もっと言うなら、彼は故意に発作を起こしたのでは……？

そんなことができるのかどうかは想像するしかないが、自身の必然的なケアレスミスで密室に閉じ込められてしまった依頼人は、探偵を生き残らせるために、呼吸不全から、あえて回復しようとしなかったのでは——そのとき彼は。

呼吸《ブレス》ではなく、祝福《ブレス》を求めたのではないだろうか。

無意味に間違って殺されるような死ではなく、憧れの探偵の役に立つ、意味のある死を。

むろん、あのリアリスティックな今日子さんがそんな自己犠牲的なヒロイズムを認めるわけがないし、だからこそ法を犯した、侵襲的な救命措置までおこなったと見なければなるまいが——見方が変われば、見え方も変わる。

表と裏は反転する。夢と現実も、また入れ替わる。

今回の事件において、唯一反転しなかったものと言えば、今日子さんの自身に対するスタンスだけだ……、留置場に入れられようとも、コレクションを背景に依頼人に迫られようとも、彼女は探偵であることを一度もやめなかった。

白紙だからこそ、表も裏も同じなのだ。

僕はそうはいかない。

見知らぬ高等遊民から憧れられていたという夢から覚めた気分になったところで、失職の連続という僕の現実は続くのだ。ならば、彼が僕に抱いていたあらぬ誤解も、いつか真実になるかもしれない……、真実にできる明日が訪れるかもしれない。

書き終えた履歴書を持って、僕は置手紙探偵事務所に向かうのだった——今日は、依頼人としてではなく。

本書は二〇一七年五月、小社より単行本として刊行されました。

|著者|西尾維新　1981年生まれ。2002年に『クビキリサイクル』で第23回メフィスト賞を受賞し、デビュー。同作に始まる「戯言シリーズ」、初のアニメ化作品となった『化物語』に始まる〈物語〉シリーズ、「美少年シリーズ」など、著書多数。

掟上今日子《おきてがみきょうこ》の裏表紙《うらびょうし》
西尾維新《にしおいしん》

講談社文庫
定価はカバーに
表示してあります

2024年4月12日第1刷発行

発行者――森田浩章
発行所――株式会社　講談社
東京都文京区音羽2-12-21　〒112-8001
電話　出版（03）5395-3510
　　　販売（03）5395-5817
　　　業務（03）5395-3615
Printed in Japan

KODANSHA

デザイン―菊地信義
本文データ制作―講談社デジタル製作
印刷―――株式会社KPSプロダクツ
製本―――株式会社国宝社

ISBN978-4-06-535338-7

講談社文庫刊行の辞

二十一世紀の到来を目睫に望みながら、われわれはいま、人類史上かつて例を見ない巨大な転換期をむかえようとしている。

世界も、日本も、激動の予兆に対する期待とおののきを内に蔵して、未知の時代に歩み入ろうとしている。このときにあたり、創業の人野間清治の「ナショナル・エデュケイター」への志を現代に甦らせようと意図して、われわれはここに古今の文芸作品はいうまでもなく、ひろく人文・社会・自然の諸科学から東西の名著を網羅する、新しい綜合文庫の発刊を決意した。

激動の転換期はまた断絶の時代である。われわれは戦後二十五年間の出版文化のありかたへの深い反省をこめて、この断絶の時代にあえて人間的な持続を求めようとする。いたずらに浮薄な商業主義のあだ花を追い求めることなく、長期にわたって良書に生命をあたえようとつとめるところにしか、今後の出版文化の真の繁栄はあり得ないと信じるからである。

同時にわれわれはこの綜合文庫の刊行を通じて、人文・社会・自然の諸科学が、結局人間の学にほかならないことを立証しようと願っている。かつて知識とは、「汝自身を知る」ことにつきていた。現代社会の瑣末な情報の氾濫のなかから、力強い知識の源泉を掘り起し、技術文明のただなかに、生きた人間の姿を復活させること。それこそわれわれの切なる希求である。

われわれは権威に盲従せず、俗流に媚びることなく、渾然一体となって日本の「草の根」をかたちづくる若く新しい世代の人々に、心をこめてこの新しい綜合文庫をおくり届けたい。それは知識の泉であるとともに感受性のふるさとであり、もっとも有機的に組織され、社会に開かれた万人のための大学をめざしている。大方の支援と協力を衷心より切望してやまない。

一九七一年七月

野間省一

講談社文庫 最新刊

下村敦史 白医

ホスピスで起きた三件の不審死。安楽死の疑惑をかけられた医師・神崎《かんざき》が沈黙を貫く理由とは——。

輪渡颯介 捻《ねじ》れ家《が》〈古道具屋 皆塵堂〉

消えた若旦那《わかだんな》を捜せ！ 神出鬼没のお江戸の幽霊屋敷に、太一郎も大苦戦。〈文庫書下ろし〉

上田岳弘 旅のない

コロナ禍中の日々を映す4つのストーリー。芥川賞作家・上田岳弘、初めての短篇集。

日本推理作家協会 編 2021 ザ・ベストミステリーズ

プロが選んだ短編推理小説ベスト8。「#拡散希望」ほか、絶品ミステリーが勢ぞろい！

高原英理 不機嫌な姫とブルックナー団

音楽の話をする時だけは自由になれる！「好き」な気持ちに嘘はない新感覚の音楽小説。

講談社タイガ

森博嗣 何故エリーズは語らなかったのか？〈Why Didn't Elise Speak?〉

反骨の研究者が、生涯を賭《と》して求めたもの。それは人類にとっての「究極の恵み」だった。

内藤了 黒《くろ》仏《ぼとけ》〈警視庁異能処理班ミカヅチ〉

銀座で無差別殺傷事件。犯人は、一度も瞬《まばた》きをしていなかった。人気異能警察最新作。